鐵山禪師梅花百日詠

譯注　高橋達明

知道出版

鐵山禪師墨蹟　　　　　　　京都市　大龍院藏

蜀江水碧蜀山青　蜀江　水は碧に　蜀山は青し
乍聴何人不動情　乍ち聴きて　何人か情を動かさざる
霜月滿天孤舘夜　霜月　滿天　孤舘の夜
一聲々是斷腸聲　一声々は是れ断腸の声
嬾齋道人書（印）宗鈍

（聴鵑という詩題の作であろう。起句は長恨歌の一行）

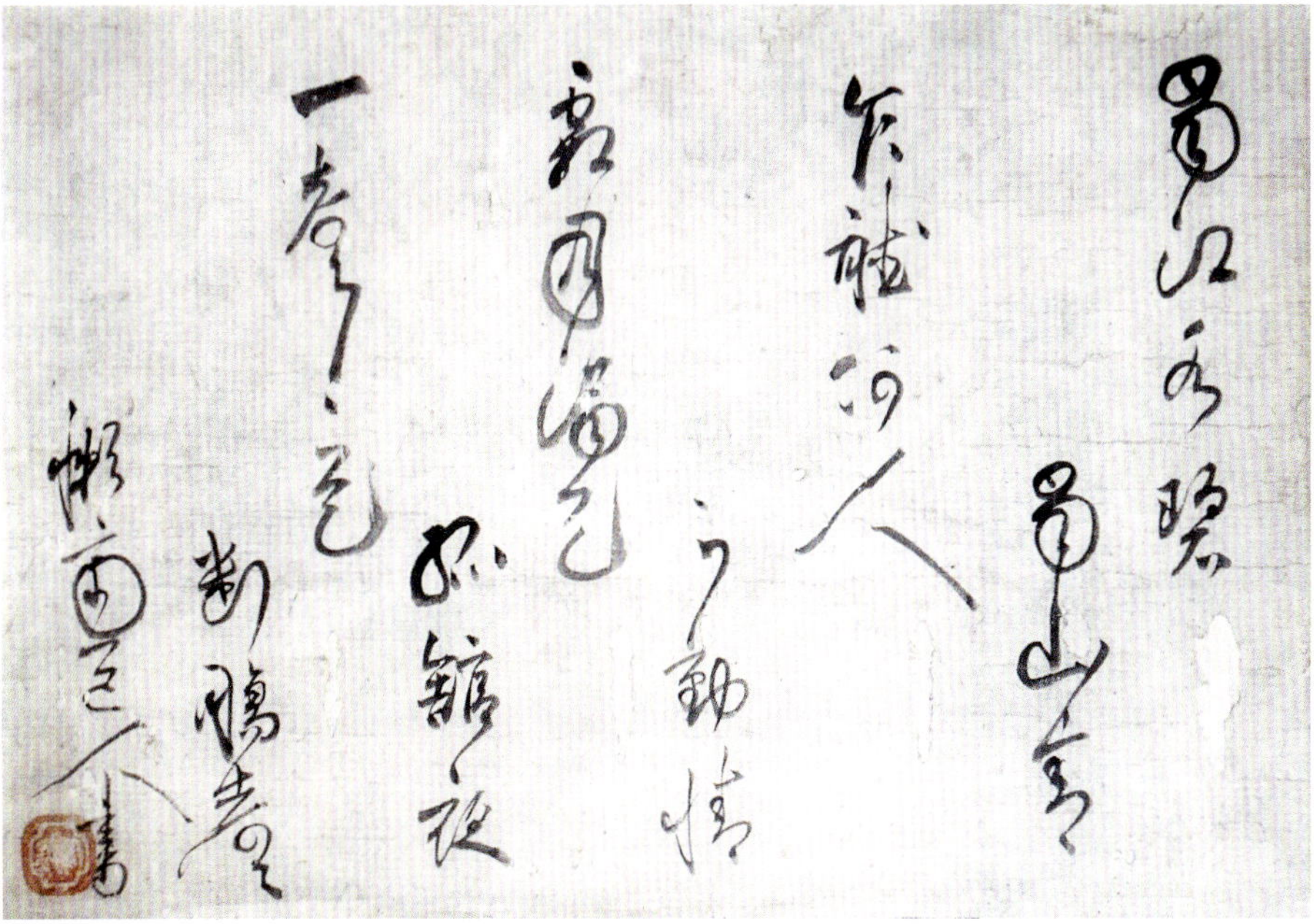

凡例

一、本集の底本については、巻末の解題に記述した。

二、巻初、題辞の本文は、行分けを原文通りとした。

三、漢詩の本文は、本字、俗字、異体字が屢々草体を交えて書かれているのを、正字形に変えた。ただし、烟、嶋のような別体字は残してある。また、二、三の誤字についてはそのままとし、注で正した。

四、訓読は日本語としての語法に留意しつつも、語勢を尊重し、また、句切りのために、適宜、一字の空白を用いた。

五、訓読文は、歴史的仮名遣いによる。漢字には通行の文字を用いた。なお、振り仮名を付すことがある。

六、注は脚注とし、簡潔を宗とした。

七、注の始め、詩題の下方に、その詩題が次の集に見える場合、名の最初の一文字を記した。黙雲詩藁、幻雲詩藁、梅渓稿、三益稿、枯木稿、策彦和尚詩集。

八、各々の注の末尾に、押韻の韻目を記した。

九、評語（墨、朱）の記載がある場合には、各々の詩篇の末尾に、全文を写した。詩句には、時に、朱点などが打たれているが、それらは復元しない。

鐵山禪師梅花百日詠　目次

梅花百日詠　譯注

山陰韋珪賦百梅豈非流芳萬
世者乎　甲陽恵林先廬之翹楚
云公后版壮歳僑寓于西都
花園之日造詣　北埜神祠者一百日
旦日課一首以獻焉盖黙禱著述
之進趣也今也寄其吟藁而見
需予贅巻首予竊曰昔芳草
于西堂今梅花于北野兩吟雖
有殊差其神遊神助則一也
芳草乃收在琅函今則教外
別傳底禪中有詩々中有禪
繇茲思茲累百靈運何敢望

山陰の韋珪百梅を賦す。豈芳を万世に流す者に非ずや。甲陽恵林　先廬の翹楚　云公后版、壮歳西都の花園に僑寓するの日、北野神祠に造詣する者《こと》一百日、且つ日に一首を課し、以て焉《これ》を献ず。盖し著述の進趣を黙禱せしならん。今や其の吟藁を寄せて、予に巻首に贅せんことを需めらる。予竊《ひそ》かに以《おも》ふに、昔芳草を西堂よりし、今梅花を北野よりするに、両吟殊差有りと雖も、其の神遊神助は、則ち一なり。芳草は、乃ち収め

韋珪、字徳圭、号梅雪、元代、山陰（紹興）の人。梅花百詠（和刻本漢詩集成第十七輯）。

甲陽恵林、甲斐恵林寺。

先廬、先の住居。

翹楚、衆に秀でた人物。

云公、鉄山の初名。

后版、禅堂の後板を管する首座。


芳草、鉄山の詩草を云う。次の梅花も同じ。

云公乎哉淮南子有謂百梅足
以爲百人酸一梅不以爲百人酸
公不執其花而歸其實以調和
宗鼎可謂胸次有全梅矣　公
平素造次於梅顚沛於梅然則
公一々雖不賦梅剩馥殘香及
百詠耶於是乎同梅而淸々在
梅前同梅而馨々在梅外韋珪
百梅之作　后版百日詠付諸梅花
無盡藏卽是造物者無盡藏
也遂信筆以擬詩卷之題辭云爾
永祿八稔乙丑鞠月廿有一日

て琅函に在り。今、教外別伝底に則りて、禅の中に詩有り、詩の中に禅有り。茲に繇《よ》り、茲を思へば、百霊運を累《つら》ぬ。何を敢へて　云公に望まんかな。淮南子に謂へる有り、百梅以て百人の酸を為《つく》るに足るも、一梅以て百人の酸を為らず、と。　公其の花を執らずして、其の実を帰《おく》り、以て宗鼎を調和す。胸次、全て梅有りと謂ふべし。　公平素造次にも梅に於てし、顚沛にも梅に於てす。然らば則ち、　公一々梅を賦さずと雖

琅函、書函。

百霊運、百の謝霊運。厳羽（滄浪詩話巻一）、論詩如論禅、〔略〕謝霊運至盛唐諸公透徹之悟也、他雖有悟者皆非第一義也。

淮南子（巻十七、説林訓）、百梅足以為百人酸、一梅不足以為一人和。

調和宗鼎、神饌の味を調える。

造次、論語（里仁）、造次必於是、顚沛必於是。

前圓覺策彦叟周良（印）策彦

も、剰馥残香は百詠に及ばんか。是に於てや、梅と同《とも》にして清々、梅前に在り、梅と同《とも》にして馨々、梅外に在り。韋珪百梅の作、后版百日の詠、諸《これ》を梅花無尽蔵に付す。即ち是れ造物者の無尽蔵なり。遂に筆に信《まか》せて以て詩巻の題辞に擬すと尓《しか》云ふ。

永禄八年乙丑九月二十一日

前円覚策彦叟周良

梅花無尽蔵、陸游（看梅帰馬上戯作ノ五）、江郊車馬満斜暉、争趁南城未闔扉、要識梅花無尽蔵、人々襟袖帯香帰。造物者、蘇軾（前赤壁賦）、取之無禁、用之不竭、是造物者之無尽蔵也。

墨　春澤和尚　点
朱　策彦和尚　点

宿處尋鵑　第一　丑四月十五日

八十川僧一白頭　八十の川僧　一白頭
歸心萬里聽鵑愁　帰心万里　聴鵑の愁
驛庭自有長松樹　駅庭自ら有り　長松樹
先問夜來々上不　先づ問ふ　夜来　来り上るや不《いな》や

新綠可人　第二　四月十六日

千紅春盡悉凋零　千紅　春尽きて　悉く凋零す
新綠可人自忘形　新緑は人に可《よろ》しく　自ら形を忘る
我老對花々咲我　我老いて花に対はば　花は我を咲はん

宿処尋鵑、錦繡段（左緯、送別）、客情惟有夜難過、宿処先尋無杜鵑。川僧、蜀川（四川）の僧。駅庭、三体詩（顧況、山中）、庭前有箇長松樹、夜半子規来上啼。

韻、下平十一尤。

黙。

忘形、杜甫（酔時歌）、忘形到爾汝。花咲我、聯珠詩格（黄庭堅、答送菊）、黄花応笑白頭翁。残生、杜甫（奉濟駅重送）、寂寞養残生。

殘生於葉眼先青　　残生　葉に於て眼先づ青し

洗竹見山　第三　四月十七日

洗竹雖違王子猷　　洗竹　王子猷に違ふと雖も
自勝支遁買山休　　自ら勝る　支遁の山を買ひて休するに
尋常夜雨恐驚夢　　尋常の夜雨も恐らくは夢を驚かさん
忽把瀟湘換沃州　　忽ち瀟湘を把りて沃州に換ふ

眼青、青眼。阮籍青眼（蒙求）。錦繡段（張君量、客中春日）、異郷莫恨知音少、細柳於人先眼青。

韻、下平九青。

黙、梅、枯。

洗竹、竹をすかす。

王子猷、王羲之の子。子猷尋戴（蒙求）。

支遁、晋代の僧。世説新語（排調）、支道林〔遁〕因人就深公買印山、深公答曰、未聞巣由買山而隠。その山が沃州にあり。

夜雨、高啓（江館夜雨）、尋常風雨睡冥冥、底事今宵只自醒。

韻、下平十一尤。

棹歌　第四　四月十八日

得梅之一字

一夜江南野水隈　一夜　江南　野水の隈
斜風吹斷棹歌哀　斜風は吹断す　棹歌の哀しきを
漁翁錯莫唱花落　漁翁錯りて花落を唱ふ莫れ
中有白鷗清似梅　中に白鷗有り　清きこと梅に似たり

又

清風明月白雲隈　清風　明月　白雲の隈
盡爲漁翁入乃欸　尽く漁翁をして乃欸《だいあい》に入らしむ
江鳥報言暫休唱　江鳥報《かえ》して言ふ　暫く唱ふを休《や》めよと
夜來夢作楚辭梅　夜来　夢は楚辞に梅を作《な》さん

古文真宝（漢武帝、秋風辞）、簫鼓鳴兮発棹歌、歓楽極兮哀情多。花落、梅花落。笛の曲。三体詩（李商隠、宮詞）、莫向樽前奏花落。白鷗、黄庭堅（演雅）、江南野水碧於天、中有白鷗閑似我。

韻、上平十灰。

乃欸、欸乃。漁夫の歌。古文真宝（柳宗元、漁翁）、欸乃一声山水緑。作楚辞梅、離騒に梅の一字がないを云う。錦繍段（周衡之、読騒）、底事楚煙湘雨外、梅花不肯与騒盟。

薔薇茶　第五　四月十九日

打倒薔薇無力枝
赤銅茗椀雨淋漓
謝公莫恨減春却
未必清香一啜衰

薔薇　無力の枝を打ち倒し
赤銅の茗椀　雨ふらすこと淋漓たり
謝公恨む莫れ　春を減じ却《おは》るを
未だ必ずしも清香は一啜に衰へず

韻、上平十灰。


薔薇、中州集（擬栩先生王中立）、先生挙秦少游春雨詩云、有情芍薬含春涙、無力薔薇臥晩枝、此詩非不工。

赤銅茗椀、黄庭堅（以小団龍及半挺贈無咎）、赤銅茗椀雨斑斑。

謝公、晋の謝安。

減春却、杜甫（曲江二首ノ一）、一片花飛減却春。

未必、三体詩（鄭谷、十日菊）、未必秋香一夜衰。

又

韻、上平四支。

満架薔薇一院茶
煎憑禪榻慰生涯
半升鐺内暗香起
知有東山碉底花

満架の薔薇と一院の茶と
煎じて禅榻に憑《よ》り　生涯を慰む
半升の鐺内　暗香起《た》ち
有るを知る　東山碉底の花

一院茶、三体詩（杜牧、酔後題僧院）、今日鬢糸禅榻畔、茶烟軽颺落花風。

半升鐺内、五灯会元（巻八、呂巌真人）、呂毅然出問、一粒粟中蔵世界、半升鐺内煮山川、且道此意如何。

東山、謝安が隠れた山。四ケ処あり、一説は紹興の東南の会稽山。世説新語（識鑒）、謝公在東山畜妓。李白（憶東山二首ノ一）、不向東山久、薔薇幾度花。

韻、下平六痲。

西湖遇雨　第六　四月廿日

天公亦妬景佳不
湖上朦朧暗水流

天公も亦景の佳きを妬むや不《いな》や
湖上朦朧として暗水流る

西湖、聯珠詩格（蘇軾、西湖）、水光瀲灔晴方好、山色空濛雨亦奇、欲把西湖比西子、淡粧濃抹総相宜。

欲對西施晴好鏡　西施晴好の鏡に対はんと欲するも
陰雲已是辟陽侯　陰雲は已に是れ辟陽侯たり

又

値雨西湖處士家　雨に値《あ》ふ　西湖　処士の家
暗中探景傍籬笆　暗中に景を探る　籬笆の傍
陰雲忽以朶梅潔　陰雲も忽ち朶梅を以て潔し
變作徐熙落墨花　変じて徐熙　落墨の花と作す

船窗讀書　第七　四月廿一日

天公、天帝。
暗水、杜甫（夜宴左氏荘）、暗水流花径。
辟陽侯、漢の審食其。高祖の妃呂后の寵臣。

韻、下平十一尤。

西湖処士、林和靖。蘇軾（和秦太虚梅花）、西湖処士骨応槁〔略〕江頭千樹春欲闇、竹外一枝斜更好。
変作、聯珠詩格（葉苔機、西湖値雨）、変作元暉水墨図。蘇軾（徐熙杏花）、洗出徐熙落墨花。徐熙、五代、江南の画人。

韻、下平六麻。

八萬群書一釣舟
漁翁時習暗抛鉤
白鷗可咲別開巻
従古巴江學字流

八万の群書　一の釣舟
漁翁時に習ひ　暗《そら》んじて鉤を抛つ
白鷗は咲ふべし　別に巻を開くを
古より巴江は字を学びて流る

群書、杜甫（鄭典設自施州帰）、群書一万巻、博渉供務隙。

時習、論語（学而）、学而時習之、不亦説乎。

巴江、巴蜀の川。南江。一名、字江。三体詩（李遠、送人入蜀）、杜宇呼名語、巴江学字流。巴の字のような屈曲の流れを云う。


韻、下平十一尤。

又

萬巻牙籤下載風
江湖秋老鬢鬆々
篷前細雨燈花落
懶讀孤舟簑笠翁

万巻の牙籤　下載《あさい》の風
江湖　秋老いて鬢鬆々
篷前の細雨に　燈花落ち
読むに懶し　孤舟簑笠の翁

牙籤、象牙製の書物の名札。

下載、西北の風。荷を卸して長江を下る。碧巌録（四十五則頌）、如今抛擲西湖裏、下載清風付与誰。

燈花、灯心の燃えかす。丁子頭。聯珠詩格（趙師秀、有約）、閑蔵棊子落燈花。


韻、上平一東。

荷花入夢　第八　四月廿二日

荷花露動黑甜鄉　荷花　露は動く　黒甜の郷
半日消閑對晩涼　半日閑を消して　晩涼に対ふ
移得鑑湖三百里　移り得たり　鑑湖三百里
清風一枕覺猶香　清風の一枕　覚めて猶ほ香し

楚山春曉圖　第九　四月廿三日

慣臥巴江夜雨床　臥すに慣れたり　巴江　夜雨の床
楚山春曉旅愁長　楚山の春暁　旅愁長し
哀猿叫落岩花月　哀猿叫び落つ　岩花の月

黒甜、午睡。中州集（趙秉文、題扇頭）、文書勾引黑甜鄉、〔略〕覚来窓際有斜陽。

半日、三体詩（李渉、題鶴林寺）、又得浮生半日閑。

鑑湖、鏡湖。李白（子夜呉歌ノ二）、鏡湖三百里、菡萏発荷花、五月西施採、人看隘若耶、回舟不待月、帰去越王家。西施は会稽（越）の出。鏡湖の若耶渓に採蓮したという。


韻、下平七陽。


楚山、皇元風雅（文子方、題楚山春暁図）、巫峡冉々愁雲長、山猿杜鵑叫落月。

鉄鋳、錦繍段（僧橘洲、郊外即事）、鉄作行人亦断魂。

鐵鑄行人也斷腸
鉄鑄の行人も也《また》断腸

韻、下平七陽。

梅杖　第十
四月廿四日

幾歴江南數十程
幾《ほとん》ど歴る　江南の数十程

冰肌玉骨痩崢嶸
氷肌玉骨　痩せて崢嶸

三生有恨汨羅上
三生恨み有り　汨羅《べきら》の上

縱得春風亦不行
縦ひ春風を得るも亦行かず

江南、三体詩（杜常、華清宮）、行尽江南数十程。
氷肌玉骨、梅の形容。聯珠詩格（蔡蒙斎、梅）、氷肌玉骨不知寒。
汨羅、古文真宝（賈誼、弔屈原賦）、仄聞屈原兮、自湛汨羅。
春風、三体詩（高蟾、春）、縱得春風亦不消。

韻、下平八庚。

又

攜得尋常爲結盟
携へ得て尋常に結盟を為す

暗香隨我自多情
暗香は我に随ひて自ら情多し

暗香、蘇軾（梅花）、暗香随我去。
投老、詩人玉屑（霜筠雪竹）、王荊公〔略〕取筆書窗曰、霜筠雪竹

雨奇晴好西湖寺　　雨奇晴好　西湖の寺
投老歸歟扶此生　　老を投じて帰らんか　此の生を扶けよ

鍾山寺、投老帰歟寄此生。
帰歟、陶淵明（帰去来辞、序）、及少日、眷然有帰歟之情。

韻、下平八庚。

涼螢知秋　第十一　四月廿五日

欲秋涼動井欄東　　秋涼ならんと欲して動く　井欄の東
一點山螢照小叢　　一点の山蛍　小叢を照らす
腐草露從今夜白　　腐草　露は今夜より白し
明朝天下落梧風　　明朝　天下　落梧の風

秋涼、白居易（招東鄰）、池畔欲秋涼。
山蛍、三体詩（鄭谷、贈日東鑑禅師）、一点山蛍照寂寥。
腐草、杜甫（蛍火）、幸因腐草出。
露、杜甫（月夜憶舎弟）、辺秋一雁声、露従今夜白。

韻、上平一東。

又

秋色惱人不得眠
流螢暗度漢宮前
一飛聊恐輕羅扇
先向婕妤告弃捐

秋色人を悩まして眠るを得ず
流蛍暗く度る　漢宮の前
一たび飛べば　聊か恐る　軽羅の扇
先づ婕妤に向つて弃《き》捐を告ぐ

秋色、聯珠詩格（王安石、夜直）、春色惱人眠不得。

流蛍、三体詩（王建、宮詞ノ二）、銀燭秋光冷画屏、軽羅小扇撲流蛍。

婕妤、班婕妤、漢の成帝の宮女。寵を失った悲嘆を賦に作る（漢書外戚伝）。怨歌行（古文真宝）、裁為合歓扇、〔略〕常恐秋節至、涼風奪炎熱、弃捐篋笥中、恩情中道絶。


韻、下平一先。

鐘聲出花　第十二　四月廿六日

月落長安半夜天
出花數杵搗閑眠
忽驚鄉夢春閨曉

月落つ　長安半夜の天
出花の数杵　閑眠を搗く
忽ち郷夢を驚かす　春閨の暁

幻。


月落、三体詩（李洞、送三蔵帰西域）、月落長安半夜鐘。

出花、詩人玉屑（唐人句法）、爐煙添柳重、禁漏出花遅。漏刻の箭に、花を用いるか。ここでは、時

憶得楓時到客船　　憶ひ得たり　楓時　客船に到るを

燒燭看海棠　　第十三　　四月廿七日

銀色春光冷禁鐘　　銀色の春光　禁鐘を冷やす
海棠睡足貴妃容　　海棠睡りは足る　貴妃の容
何圖高照紅妝去　　何ぞ図らん　高く紅妝を照し去るに
散作漁陽三月烽　　散じて　漁陽三月の烽を作さんことを

鐘の意。
驚郷夢、古今禅藻集（徳洪、送僧遊南嶽）、枕中柔櫓驚郷夢。
憶得、三体詩（張継、楓橋夜泊）、月落烏啼霜満天、江楓漁火対愁眠、姑蘇城外寒山寺、夜半鐘声到客船。

韻、下平一先。

枯、策。

海棠、漁隠叢話（東坡一）、楊妃外伝云、〔略〕妃子酔歙残粧〔略〕明皇笑曰、是豈妃子酔邪、海棠睡未足耳。
高照、蘇軾（海棠）、只恐夜深花睡去、故焼高燭照紅妝。
漁陽、安禄山の叛乱の地。白居易（長恨歌）、漁陽鼙鼓動地来。

韻、上平二冬。

又

比翼連枝亦暫榮　比翼連枝　亦暫く栄えん
海棠院靜燭空明　海棠　院静かに　燭は空しく明し
夜深睡足春妃子　夜深く　睡りは足れり　春妃子
似忘長生私語盟　長生　私語の盟を忘るるに似たり

比翼、（長恨歌）、在天願作比翼鳥、在地願為連理枝。

長生、（長恨歌）、七月七日長生殿、夜半無人私語時。

韻、下平八庚。

舟中聽琴　第十四　四月廿八日

篷窗一夜雨班々　篷窓の一夜　雨班々
點滴聲幽琴意閑　点滴　声幽かに　琴意は閑なり
漁父似知樵父樂　漁父は知るに似たり　樵父の楽を
忽飜流水作高山　忽ち流水を飜して高山と作す

点滴、錦繡段（陸游、聴雨戯作ノ二）、遶檐点滴如琴筑、支枕幽斎聴始奇。

琴意、蘇軾（破琴詩）、破琴雖未修、中有琴意足。

高山流水、美妙の楽。蒙求（伯牙絶絃）、伯牙善鼓琴、鍾子期善聴、志在高山、子期曰善哉、〔略〕志在流水、子期曰善哉。

又

三疊餘音漸欲終
抱琴正好睡舟中
高山流水篷窗雨
翫入漁翁一笛風

三畳の余音　漸く終らんと欲す
琴を抱きて正に好し　舟中に睡るに
高山流水　篷窓の雨
翫つて入る　漁翁一笛の風

韻、上平十五刪。

三畳、繰り返し三度奏でる。石倉歴代詩選（呉龍翰、散髪）、高山流水琴三畳。

韻、上平一東。

盧山禱晴　第十五　四月廿九日

持呪焚香禮碧空
晴盧何事氣朦朧
陰雲未散袈裟角

呪を持し香を焚きて　碧空を礼するに
晴盧　何事ぞ　気の朦朧たる
陰雲は未だ袈裟の角を散らさず

持呪、錦繍段（元唐卿、雪夜訪僧）、老僧持呪保梅花。
礼碧空、三体詩（戎昱、寄許錬師）、掃石焚香礼碧空。
遠公、盧山の慧遠。三体詩（張喬、

猶向山中學遠公　　猶ほ山中に向《おい》て遠公を学ぶ

禽聲攪睡　　第十六　　四月晦日

睡裏春禽響燕居　　睡裏の春禽　燕居に響けり
覺喧一枕黒甜餘　　覚めて喧し　一枕　黒甜の余
聲々効孔子家訓　　声々　孔子の家訓を効ひ
飛入僧房起宰予　　飛びて僧房に入り　宰予を起す

碁盤桃花　　第十七　　五月朔日

小隱日長脩竹風　　小隠　日は長し　脩竹の風

寄山僧）、遠公独刻蓮花漏、猶向山中礼六時。

韻、上平一東。

燕居、論語（述而）、子燕居、申々如也。くつろぐ様子。

黒甜、午睡。蘇軾（発広州）、一枕黒甜余。

孔子家訓、論語（公冶長）、宰予昼寝、子曰〔略〕今吾於人也、聴其言而観其行。

韻、上平六魚。

桃花、古文真宝（李賀、将進酒）、

桃花亂落子聲終
兩髩一局觸蠻外
又把無聊藏橘中

桃花乱れ落ち　子声終る
両髩の一局　触蛮の外
又無聊を把りて橘中に蔵《かく》す

夢尋山色　第十八　五月二日

山色春光冷畫屏
夢中栩々眼先青
千峯萬嶽一時破
夜半鐘聲亦巨靈

山色春光　画屏を冷やす
夢中栩々《く》として　眼先づ青し
千峰万岳　一時に破る
夜半の鐘声も亦巨霊

花乱落如紅雨。

子声、棊子（碁石）を打つ音。聯珠詩格（趙師秀、有約）、閑敲棊子落燈花。

触蛮。蝸牛の角にあるという国。荘子（則陽）、触氏〔略〕蛮氏〔略〕時相与争地而戦。

橘中、橘中之楽。囲碁を云う。


韻、上平一東。


夢、陸游（趙将軍）、我夢遊太華、雲開千仞青、擘山瀉黄河、万古仰巨霊。

栩々、喜ぶさま。荘子（斉物論）、昔者、荘周夢為蝴蝶、栩々然蝴蝶也。錦繍段（曹元象、梅影）夢中栩々片時還。

又

化爲胡蝶出僧房
探景尋山夢亦忙
欲盡嵩峯三十六
曉樓鐘度又空床

化して胡蝶と為《な》り　僧房を出づ
探景　尋山　夢も亦忙し
尽くさんと欲す　嵩峰三十六
暁楼　鐘は度る　又空床

簷雨挾詩聲　　第十九　　五月三日

茅檐秋冷雨聲殘

茅檐　秋冷やかに　雨声残れり

巨霊、河神。錦繍段（周雲叟、江郎山）巨霊一夜擘山開。

韻、下平九青。

化、中州集（史学、酔後）、化蝶元来夢亦忙。

嵩峯、白居易（和裴令公南庄一絶）、何似嵩峰三十六。蘇軾（次韻高要令劉湜）、仇池九十九、嵩少三十六、天人同一夢、仙凡無両録。少は嵩山の少室山。

韻、下平七陽。

簷雨、皇元風雅（盧疎斎、婺源県

近聴挟詩猶未乾
近く挟詩を聴きて　猶ほ未だ乾かず

老去同參言在耳
老去　同参　言は耳に在り

吹成嶋痩滴郊寒
吹きて嶋痩を成し　滴りて郊寒

梅巻　第二十　五月四日

莫道梅花摠不眞
道ふ莫れ　梅花摠て真ならずと

開窗字々筆鋒新
窓を開けば　字々　筆鋒新たなり

乾元一氣軸資始
乾元　一気の軸　資《と》りて始むるも

斎書事)、瓶花香病骨、簷雨挟詩声。

猶未乾、陸游(夏夜)触熱汗沾衣、暮夜猶未乾。

老去同参、錦繍段(陸游、聴雨戯作)、少年交友尽豪英、妙時時得細評、老去同参唯夜雨、焚香臥聴画簷声。

嶋痩郊寒、賈島、孟郊の詩風の評。蘇軾(祭柳子玉文)、元軽白俗、郊寒島痩。

韻、上平十四寒。

梅巻、梅を書巻に喩える。真は楷書。

易経(乾)、彖曰、大哉乾元、万物資始。

知天下春、五灯会元(巻十五、双

未誦先知天下春　　未だ　先づ天下の春を知ると誦へず

蒲簑　第二十一　端午

九節編成随白鷗　九節　編み成して白鷗に随ふ
浮生四海一蓑裘　浮生の四海　一蓑裘
漁翁披得避風雨　漁翁は披し得て　風雨を避く
欲立蜻蜓亦自由　蜻蜓を立てんと欲して　亦自由

泉師寛禅師)、問竪起杖子意旨如何、師曰一葉落知天下秋。未誦は千字文に花の字がないのを踏まえて云う。

韻、上平十一眞。

梅、枯。

九節、九節菖蒲（抱朴子巻十一）。
随白鷗、李白（江上吟）、海客無心随白鷗。
浮生、陸游（江瀆池酔帰馬上作）、浮生何処非羇旅、休問東呉万里船。
蓑裘、隠棲の地（春秋左氏伝）。白居易(重修香山寺)、可憐終老地、此是我蓑裘。
立蜻蜓、聯珠詩格（道潜、臨平道中)、風蒲猟猟弄軽柔、欲立蜻蜓不自由。

韻、下平十一尤。

合歡燈　第廿二　五月六日

燈有合歡照老顔　灯に合歓有り　老顔を照す
連枝比翼不應攀　連枝比翼　応に攀《たの》むべからず
夜深喜色忽相變　夜深くして喜色忽ち相変る
一陣曉風安祿山　一陣の暁風　安禄山

鶯邊繫馬　第廿三　五月七日

千里鶯啼送旅行　千里鶯啼きて旅行を送る
此生繫馬慰春情　此の生　馬を繫ぎて春情を慰む
駐鞍不恐岩花落　鞍を駐めて　岩花の落つるを恐れず

梅、枯。

灯、錦繡段（趙晟之母、惜別）、暖有花枝冷有氷、惟人没後却無憑、預愁離別苦相対、挑尽漁陽一夜灯。照老顔、錦繡段（張子龍、中秋雨）、書伴孤灯照老顔。

攀、挙とある。崩字。

不応攀、錦繡段（夾谷之奇、子陵釣台）、華勛高躅未容攀。

韻、上平十五刪。

黙、幻。

千里、三体詩（杜牧、江南春）、千里鶯啼緑映紅。

繫馬、蘇軾（往富陽新城）、春山磔磔鳴春禽、〔略〕知君繫馬巌花落。

綿蛮、鳥声。詩経（小雅）、緜蛮

要聴綿蠻一曲聲　　聴くを要す　綿蛮一曲の声

賣菊　　第廿四　　五月八日

節後傲霜猶未凋　　節後の傲霜にも猶ほ未だ凋まず
一枝求價事風標　　一枝　価を求むるに風標を事とす
花之隱逸有誰買　　花の隠逸　誰有りてか買はん
自古東籬遠市朝　　古より東籬は市朝に遠し

黄鳥、止于丘阿。古今禅藻集（明曠、聴鶯曲）、軽邀落蕊過山壁、綿蛮睍睆殊可聴。

韻、下平八庚。

菊、聯珠詩格（蘇軾、贈劉景文）、菊残猶有傲霜枝、一年好景君須記。
花、古文真宝（周茂叔、愛蓮説）予謂、菊花之隠逸者也。
東籬、古文真宝（陶淵明、雑詩）、採菊東籬下、悠然見南山。
遠市朝、三体詩（許渾、送隠者）、自古雲林遠市朝。

韻、下平二蕭。

春鐘　第廿五　五月九日

残生七十日將低
忽聽春鐘春夢迷
吾老欲眠花又睡
道人緩擊夕陽西

残生　七十　日将に低《く》れんとす
忽ち春鐘を聴きて　春夢は迷ふ
吾老いて眠らんと欲し　花又睡る
道人緩く撃つ　夕陽の西

釣磯梅　第廿六　五月十日

有梅伴寂繞苔磯
疎影横斜水半扉
若問漁家無盡藏

梅有り　寂を伴ひ苔磯を繞る
疎影横斜　水の半ばに扉《ひら》く
若し漁家の無尽蔵を問はば

幻、梅、枯、策。

残生、杜甫（客亭）、衰病已成翁、多少残生事。
春夢、三体詩（張偓、寄人）、一場春夢不分明。
緩撃、蘇軾（春夜）、春宵一刻直千金。
夕陽西、詩人玉屑（張文潜）、詩云、新月已生飛鳥外、落霞更在夕陽西。

韻、上平八齊。

釣磯梅、韋珪（梅花百詠、釣磯梅）、蒼苔石上老烟波、〔略〕寒香一夜襲漁蓑。
疎影横斜、詩人玉屑（西湖処士）、林和靖梅花詩、疎影横斜水清浅、

人々簑袂帯香歸　　人々　簑袂に香を帯びて帰らん

暗香浮動月黄昏。
無尽蔵、陸游（看梅帰馬上戯作）、要識梅花無尽蔵、人々襟袖帯香帰。

韻、上平五微。

春日憶李白　　第廿七　　五月十一日

閑憶謫仙對夕曛　　閑かに謫仙を憶ひて夕曛に対ふ
濺花春涙落紛々　　花に春の涙を濺げば　落つること紛々
可憐老杜感時意　　憐れむべし　老杜の時に感ずるの意
亂似江東日暮雲　　乱れて　江東日暮の雲に似たり

春日憶李白、杜甫（春日憶李白）、渭北春天樹、江東日暮雲。
謫仙、李白。
濺花、杜甫（春望）、感時花濺涙、恨別鳥驚心。

韻、上平十二文。

栽桐待鳳　　第廿八　　五月十二日

金井栽桐侍禁闈　　金井　桐を栽ゑて禁闈に待つ

鳳、桐花鳳。説郛（桐花鳳）、三

九苞彩鳳古今稀　九苞の彩鳳　古今稀なり
苗而先有來儀瑞　苗ゐて先づ来儀の瑞有り
聖代何時覽德輝　聖代　何れの時か徳輝を覧《み》ん

雪徑履跡　第廿九　五月十三日

認履吟行雪徑遙　履を認めて吟行すれば　雪径遥かなり
殘生七十兩藤條　残生　七十　両《ふた》つながら藤條
何人先我探梅去　何人か　我に先んじて探梅し去る
忽印溪橋猶未消　忽ち渓橋に印して猶ほ未だ消えず

月桐花始開、是鳥翺翔其間、丹碧成文、〔略〕至花落輒去。

金井、李白（贈別舎人弟台卿）、梧桐落金井、一葉飛銀牀。

侍、待の書き誤りか。

禁園、宮苑の籬。

来儀、鳳凰の飛来。

徳輝、古文真宝（賈誼、弔屈原賦）、鳳凰翔于千仞兮、覧徳輝而下之。


韻、上平五微。

梅。


蘇軾（劉醜廝詩）、崎嶇走亭長、不憚雪径遥。少年が役所に走る雪道を、探梅に転じる。

残生、杜甫（奉濟駅重送）、寂寞養残生。

藤條、藤の蔓。ここでは、悟悦の自足に至らぬを云う。漁隠叢話（蔡

獨宿鴛鴦　　第三十　　五月十四日

一夜鴛鴦夢亦空　　一夜　鴛鴦の夢も亦空し
三郎入蜀更無雄　　三郎蜀に入りて更に雄無し
驪宮比翼分飛去　　驪宮の比翼は分れて飛去す
被底盟寒蘆葦風　　被底の盟は寒し　芦葦の風

豚肉）、若把羶根来比並、羶根只合喫藤條。羶根（羊肉）の不味さに比して蒸豚の美味を詩に詠んだ僧の故事（東坡云）。五家正宗賛（洞山初禅師）、於先師会中問有何過、合喫幾藤條。
渓橋、聯珠詩格（高柘山、梅下）、屐歯霜泥印暁痕、〔略〕対花一笑渓橋側。

韻、下平二蕭。

独宿鴛鴦、杜甫（佳人）、鴛鴦不独宿。
三郎、玄宗の幼名。錦繡段（僧蔵叟、李白）、三郎入蜀更郎当。
驪宮、華清宮。白居易（驪宮高）、高高驪山上有宮。
被底盟、衾枕の約。

詩簾　第三十一　　五月十五日

鉤迎殘月掛清湘
體記曉風學晩唐
編得許渾千首水
捲來殿閣自生涼

鉤は残月を迎へ　清湘に掛く
體は暁風を記して晩唐を学ぶ
編み得たり　許渾千首の水
捲き来つて　殿閣自ら涼を生ず

又

韻、上平一東。


鉤、湘竹の簾を捲き上げる。聯珠詩格（蘇軾、賞牡丹）、十里珠簾半上鉤。

體、詩體。滄浪詩話（詩体）、晩唐体。

暁風、三体詩（杜常、華清宮）、暁風残月入華清。

許渾、晩唐の人。漁隠叢話（羅隠）、許渾集中佳句甚多、然多用水字、故国初士人云、許渾千首湿、是也。

生涼、蘇軾（戯足柳公権聯句）、薫風自南来、殿閣生微涼。但し、公権の付けた句。


韻、下平七陽。

十二詩簾一老身
于花于月幾相親
吟中高捲坐來看
體似晩唐景晩春

十二の詩簾　一老身
花に月に幾《ほとん》ど相親しむ
吟中高く捲きて　坐《そぞ》ろに来看す
體は晩唐に似て　景は晩春

池塘春草　第三十二　五月十六日

結集春風芳草句
如來大藏小池塘
摠成寐語五千巻
添得謝家夢一場

結集す　春風芳草の句
如来の大蔵も小池塘
摠て寐語を成す　五千巻
添ひ得たり　謝家の夢一場

十二、聯珠詩格（李洞、客亭対月）、一年十二度円月。
晩唐、錦繍段（鄭之徳、読黄大史詩）晩唐詩似晩春景、姿媚有余風骨軽。

韻、上平十一眞。


池塘春草、謝霊運（登池上楼、文選巻二十二）、初景革緒風、新陽改故陰、池塘生春草、園柳変鳴禽。

大蔵、大蔵経。蘇軾、懺経疏（文集巻六十二）、如来大蔵、起於四十二章、過去妙心、流出万五千巻。

寐語、五灯会元（巻七、雪峰義存禅師）、問如何是仏、師曰寐語作甚麼。

夢、鍾嶸（詩品）、謝氏家録云、（康

奇而太奇似模一聯伽陀

又

従愛池塘春草青　　池塘を愛してより　春草青し
謝家今古姓名馨　　謝家は今古に姓名馨し
東風一夜五言夢　　東風の一夜　五言の夢
吹入琅函猶未醒　　琅函に吹き入つて　猶ほ未だ醒めず

蘆被　第三十三　五月十七日

楽）思詩竟日不就、寤寐間忽見恵連、即成池塘生春草、故嘗云、此語有神助、非我語也。

韻、下平七陽。

墨評。伽陀、偈頌。

琅函、書函。韋荘（李氏小池亭）、家蔵何所宝、清韻満琅函。

韻、下平九青。

幻。

萬里風淸月亦殘
蘆花被白小江干
閔騫去後無人擁
獨宿鴛鴦一子寒

万里風清く　月も亦残る
芦花は白を被す　小江の干《きし》
閔騫去りて後　人の擁する無く
独宿の鴛鴦　一子寒し

吟得到處盖杜牀而亦妙

又

雪耶非雪散將融
被白蘆花淺水東
一夜鳴鷗催不起

雪か雪に非ざるか　散りて将に融けんとす
被白の芦花　浅水の東
一夜　鳴鷗　催《うなが》せども起きず

閔騫、閔損。蒙求（閔損衣単）、早喪母、父娶後妻、生二子、〔略〕生子以綿絮衣之、損以芦花絮、〔略〕父察知之、欲遣後母、〔略〕啓父曰母在一子寒、母去三子単。
独宿鴛鴦、杜甫（佳人）、鴛鴦不独宿。

韻、上平十四寒。

朱評。

雪、詩人玉屑（詩体下）、芦花如雪洒扁舟。
浅水、三体詩（司空曙、江村即事）、只在芦花浅水辺。
黄庭堅（題宛陵張待挙曲肱亭）、

漁翁暗擁聽松風　漁翁は暗に擁して　松風を聴く

惜春鳥　第三十四　五月十八日

滿林紅痩夕陽西　滿林の紅痩　夕陽の西
有鳥惜春尋舊栖　鳥有り　惜春　旧栖を尋ぬ
昔日謫仙唐晩後　昔日の謫仙　唐の晩れての後
吟魂化入落花啼　吟魂と化して　落花に入りて啼く

又

晨鶏催不起、擁被聴松風。

韻、上平一東。

梅。

惜春鳥、海録砕事（惜春鳥）、大不踰燕、其声曰、莫摘花果。
紅痩、花が褪せる。紅痩緑肥。
謫仙、李白。
吟魂、才調集（鄭谷、弔故礼部韋員外）、酔魄吟魂無復迴。
化、蘇軾（書丹元子所示李太白真）、謫仙非謫乃其游、〔略〕化為両鳥鳴相酬。

韻、上平八齊。

有鳥啣紅入翠微
惜春幾度倦還歸
聲々啼斷晩風底
翼蔽群花不許飛

鳥有り　紅を啣みて翠微に入り
春を惜みて　幾度か倦みて還た帰る
声々に啼断す　晩風底
群花を翼蔽して飛ぶを許さず

啣、啣の誤字。

翼蔽、史記（項羽紀）、常以身翼蔽沛公。

不許飛、杜甫（曲江二首ノ一）、一片花飛減却春。

韻、上平五微。

東坡雨竹　第三十五　五月十九日

雨濺坡翁竹一雙
丹靑妙手倒三江
風枝冩得揮毫處
龍躍玉堂雲霧窗

雨は濺ぐ　坡翁の竹一双
丹青の妙手　三江を倒《さかしま》にす
風枝写し得たり　揮毫の処
龍は躍る　玉堂　雲霧の窓

三。

倒三江、黄庭堅（子瞻去歳春夏侍立）、胸蟠万巻夜光寒、筆倒三江硯滴乾。筆力の余り、三江の水でも足りぬ。

玉堂、翰林院。黄庭堅（子瞻詩句妙一世）、赤壁風月笛、玉堂雲霧窓。

韻、上平三江。

又

坡翁筆下竹篁脩　坡翁筆を下せば　竹篁脩《なが》し
作雨成雲暗八州　雨を作し雲を成して八州を暗くす
水墨化龍海南夜　水墨龍と化す　海南の夜
生涯一洗瘴茅秋　生涯の一洗　瘴茅の秋

春山歸樵圖　第三十六　五月廿日

歸樵笛湧白雲涯　帰樵の笛は湧く　白雲の涯
遙下春山日已斜　遥かに春山を下れば日已に斜めなり
只慣一聲驚曉夢　只だ　一声の暁夢を驚かすに慣るるも
檐頭不帶杜鵑花　担頭は杜鵑花を帯びず

脩、蘇軾（壬寅二月有詔）、臨水竹篁脩。

八州、国中。

海南、海南島。蘇軾（吾謫海南）、他年誰作輿地志、海南万里真吾郷。

瘴茅、熱病。蘇軾（虔守霍大夫）、同烹貢茗雪、一洗瘴茅秋。

韻、下平十一尤。


一声、杜鵑。李白（宣城見杜鵑花）、蜀国曽聞子規鳥、宣城還見杜鵑花、一叫一廻腸一断、三春三月憶三巴。

檐、擔の誤り。

担頭、被き物。皇元風雅（伯顔、度梅関）、担頭不帯江南物、只挿梅花一両枝。

度香橋　第三十七　五月廿一日

晩來聊欲度香濃　晩来　聊か香の濃かなるを度らんと欲す
編竹成橋一兩重　編竹は橋一両を成して重し
縦爲荷花鴦可怪　縦《たと》ひ荷花の為なりとも　鴦は怪しむべし
未雲池上又何龍　未だ雲あらざるに　池上又何の龍ぞ

又

池上長橋數尺高　池上の長橋　数尺高し
清香漸度忽逢遭　清香　漸く度りて　忽ち逢遭す
晩風動處廬山外　晩風動く処　廬山の外

韻、下平六麻。

幻。

一両、長四丈。
為荷花、錦繍段（宋器之、漁舟）、莫笑扁舟数尺長、〔略〕紅船箇箇高於屋、未必荷花入夢香。
未雲、古文真宝後集（杜牧、阿房宮賦）、長橋臥波、未雲何龍。

韻、上平二冬。

廬山外、慧遠の東林寺外の虎渓。
遠陸陶、慧遠、陸修静、陶淵明。
虎渓三笑。

一葉蓮花遠陸陶　　一葉の蓮花　遠陸陶

書齋夜雪　第三十八　五月廿二日

似惜退之寸晷遷　　惜しむに似たり　退之　寸晷の遷るを
書齋映雪攤陳編　　書斎は雪に映じ　陳編を攤《ひら》く
業鞭千里學時疾　　業《すで》に鞭つこと千里なるも　時の疾きを学ぶ
莫道藍關馬不前　　道《い》ふ莫れ　藍関　馬前《すす》まずと

又

書齋一夜雪斜々　　書斎の一夜　雪斜々たり
興似西湖處士家　　興は似たり　西湖処士の家に

韻、下平四豪。

退之、韓愈の字。
晷、韓愈（進学解）、焚膏油以継晷。
陳編、古書。（進学解）、窺陳編以盗竊。
藍関、藍田の関。韓愈（左遷至藍関示姪湘）、雲横秦嶺家何在、雪擁藍関馬不前。

韻、下平一先。

西湖処士、林和靖。蘇軾（和秦太虚梅花）、西湖処士骨応槁。
持呪、錦繍段（元唐卿、雪夜訪僧）、

白髪殘僧學時習　白髪の残僧　学びて時に習ひ
不須持呪保梅花　持呪を須《もち》ゐずして　梅花を保つ

燒竹煎茶　第三十九　五月廿三日

竹院曾同童子栖　竹院曽て童子と同《とも》に栖む
茶烟輕颺夕陽西　茶烟軽く颺る　夕陽の西
渭川千畝一爐底　渭川の千畝　一炉底
燒向春風憶建溪　焼きて春風に向ひ建溪を憶ふ

馬上續夢　第四十　五月廿四日

驛路早行思別離　駅路早《つと》に行けば　別離を思ふ

坐久忽聞庭竹折、老僧持呪保梅花。

韻、下平六麻。

茶烟、三体詩（杜牧、酔後題僧院）、茶烟軽颺落花風。

渭川、史記（貨殖列伝）、渭川千畝竹。

建溪、福建省の茶の名所。詩人玉屑（評茶歌）、闘茶歌（歐陽修）云、〔略〕建溪先暖水微開、溪辺奇茗冠天下。

韻、上平八齊。

幻、梅。

馬上続夢、蘇軾（太白山下早行）、

生涯續夢馬蹄遲　　生涯　夢を続《つ》いで　馬蹄遅し
淮南風月曉鐘後　　淮南の風月　暁鐘の後
鞍上時々又見之　　鞍上時々に又之を見ん

馬上続残夢、不知朝日昇。
淮南風月、黄庭堅（次韻文潛立春日三絶句ノ一）、試問淮南風月主、新年桃李為誰開。

韻、上平四支。

又

驛程馬上早行初　　駅程の馬上　早行の初め
朝日漸昇殘夢疎　　朝日は漸く登り　残夢疎し
忽駐征鞍今又得　　忽ち征鞍を駐めて今又得る
夜來一枕黑甜餘　　夜来の一枕　黒甜の余

征鞍、聯珠詩格（蘇軾、臨城道中）、太行千里送征鞍。
黒甜、午睡。蘇軾（発広州）、一枕黒甜余。

韻、上平六魚。

滄浪濯髮　　第四十一　　五月廿五日

滄浪濯髮錯誰何　　滄浪に髪を濯《あら》ひ　錯りて誰何さる

滄浪、楚辞（漁父）、滄浪之水清兮、

頃刻在茲吾更他
兩鬢風霜五湖上
晩來散作百東坡

頃刻《しばらく》茲に在りて吾を他に更《あらた》む
両鬢の風霜　五湖の上
晩来　散じて作す　百東坡

可以濯吾纓。
濯髪、楚辞（離騒）、朝濯髪乎洧盤。
誰何、蘇軾（泛潁）、我性喜臨水、
得潁意甚奇、〔略〕上流直而清、
下流曲而漪、画船俯明鏡、笑問汝
為誰、忽然生鱗甲、乱我鬚与眉、
散為百東坡、頃刻復在茲、此豈水
薄相、与我相娯嬉。

韻、下平五歌。

又

萬里滄浪濯髪流
人間七十一浮漚
此生終向江湖老
昨日少年今白鷗

万里の滄浪　髪を濯ひて流る
人間の七十　一浮漚
此の生　終に江湖に向《おい》て老いん
昨日の少年　今白鷗

浮漚、蘇軾（広州東莞県資福寺舎
利塔銘并叙、文集巻十九）、〔銘曰〕
此身性海一浮漚。
此生、蘇軾（淮上早発）、此生定
向江湖老。
昨日、三体詩（許渾、秋思）、昨
日少年今白頭。

韻、下平十一尤。

吟味有餘風骨輕恰似一篇唐律矣

水沈燈　第四十二　五月廿六日

燈有水沈能幾燃　灯に水沈有り　能く幾《ほとん》ど燃ゆ
十年窗下照陳編　十年の窓下　陳編を照す
腐儒挑得不勞學　腐儒挑《かか》げ得て学を労《おこた》らず
夜々聞香失睡眠　夜々香を聞きて睡眠を失す

海燕　第四十三　五月廿七日

慣入定僧院裏過　入定の僧に慣れて院裏を過ぎ
于飛幾度遶滄波　于《う》飛して幾度か滄波を繞る
釣漁船上啣泥去　釣漁の船上　泥を啣みて去り

墨評。

水沈、沈香。
陳編、古書。
腐儒、自分を云う。蘇軾（次韻孔毅父ノ二）腐儒麤糲支百年、力耕不受衆目憐。

韻、下平一先。

入定、三体詩（秦系、題明慧上人房）、入定幾時還出定、不知巣燕汚袈裟。
于飛、雌雄が飛ぶ。詩経（大雅）、鳳皇于飛。

不汚袈裟汚緑簑　　袈裟を汚さず　緑簑を汚す

僧窗移蘭　第四十四　　五月廿八日

白髪残僧一兩三　　白髪の残僧　一両三
移蘭窗下打玄談　　蘭を窓下に移し　玄談を打す
風前若有苗而秀　　風前　若し苗にして秀でたる有らば
縦此生休花罷参　　縦《たと》ひ此の生は休《や》むとも花は罷《は》参せん

又

窗下移蘭春色加　　窓下　蘭を移して春色加はる
野僧坐愛思無邪　　野僧は坐《そぞ》ろに愛して　思ひ邪無し

啣は誤字。

韻、下平五歌。

玄談、老荘の談。
苗、論語（子罕）、子曰、苗而不秀者有矣夫、秀而不実者有矣夫。
罷参、参禅の了畢。碧巌録（九十六則評唱）、你若透得此三頌、便許你罷参。

韻、下平十三覃。

思無邪、論語（為政）、詩三百、（略）曰思無邪。
野僧、自分を云う。

國香入室伴禪寂　　国香室に入りて禅寂を伴ふ
老去同參唯此花　　老去　同参は唯だ此の花のみ

燒香聽雪　　第四十五　　五月晦日

簷外雪飛三四更　　簷外に雪飛ぶ　三四更
燒香正好到心淸　　香を焼きて正に好し　心の清《す》むを到す
團蒲歲暮薰爐底　　団蒲　歳は暮るる　薫炉の底
一夜同參折竹聲　　一夜の同参　折竹の声

天津橋春望　　第四十六　　六月朔日

国香、蘭、蘭香。
老去、錦繡段（陸游、聴雨戯作）、老去同参唯夜雨。

韻、下平六麻。

幻、梅。

団蒲、座禅の蒲団。蘇軾（臘日遊孤山訪恵勤恵思二僧）、擁褐坐睡依団蒲。
薫炉、黄庭堅（贈送張叔和）、団蒲日静鳥吟時、炉薫一炷試観之。
折竹、唐詩鼓吹（杜荀鶴、雪）、巌谷惟聞折竹声。

韻、下平八庚。

春入望邊情不些
天津橋上慰生涯
當時康節聞鵑後
花外至今無小車

春入　望辺の情些かならず
天津橋上　生涯を慰む
当時の康節　鵑を聞くの後
花外　今に至るも小車無し

夢観牡丹　　第四十七　　六月二日

夢見牡丹半夜天
青燈吐蘂耀吾前
忽誇魏紫姚紅富

夢に牡丹を見る　半夜の天
青灯に蘂を吐きて吾が前に耀く
忽ち誇る　魏紫姚紅の富を

天津橋、洛陽の橋。

望辺、辺土を思う。

康節、宋の邵雍の諡。天津橋上に聞いた杜鵑の声から天下の乱れを予知する。錦繍段（曽茶山、鍾山）、愁殺天津橋上客。杜鵑声裏両眉攅。小車、詩人玉屑（邵康節）、（康節）毎出則乗小車、（略）温公贈以詩曰、林間高閣望已久、花外小車猶未来。


韻、下平六麻。


夢観牡丹、陸游の詩題（續錦綉段二十五丁ウ）。

青灯、蘇軾（和人求筆迹）、入夜青灯照眼花。

燿吾前、蘇軾（夜泊牛口）、富貴

一枕邯鄲五十年

一枕の邯鄲　五十年

又

夢過天寳牡丹庭
妃子明皇醉始醒
欲賜沈香亭畔紫
曉鐘已是護花鈴

夢は過ぐ　天宝　牡丹の庭
妃子　明皇　酔は始めて醒む
賜はんと欲す　沈香亭畔の紫
暁鐘は已に是れ護花の鈴

燿吾前。

姚紅、紅は作者の記憶違いで、黄。魏紫、姚黄は共に牡丹の品種。欧陽脩（洛陽牡丹記）、〔略〕人謂牡丹花王、今姚黄真可為王而魏花乃后也。

富、古文真宝（周茂叔、愛蓮説）、牡丹花之富貴者也。

邯鄲、盧生、黄粱一炊夢。


韻、下平一先。


天宝、唐、玄宗（明皇）の年号。

妃子、楊貴妃。

沈香亭、長安の興慶宮の亭。李白（清平調詞ノ三）、名花傾国両相歓、〔略〕沈香亭北倚欄干。

護花鈴、天宝中、花木に鈴を張り巡らせて鳥を追った故事。

以樓鐘用作花上金鈴一
洗人間笙琶耳奇而奇也

韻、下平九青。
朱評。

破琴　第四十八　六月三日

日々蟬聲夜々泉
許多彈月向窗前
伯牙去後無人續
門外松風空拂弦

日々の蟬声　夜々の泉
許《か》くも多く月に弾じて　窓前に向ふ
伯牙去りて後　人の続《つ》ぐ無し
門外の松風　空しく弦を払ふ

破琴、蒙求（伯牙絶絃）、呂氏春秋曰、鍾子期死、伯牙破琴絶絃、終身不復鼓琴。以為無足為鼓者。無人続、三体詩（李梅亭、蟬）、薫絃寂寞無人続。

韻、下平一先。

又

憶曾彈得奏伊州

憶ふ　曽て弾じて伊州を奏し得たるを

三体詩（温庭筠、贈弾箏人）、鈿

弦斷生涯今更休
萬壑松風自韶樂
鈿蟬金鴈不須脩

弦断の生涯　今　更休せん
万壑の松風　自ら楽を韶《つ》ぐ
鈿蟬　金鴈　脩《はら》ふを須ゐず

桃花馬　第四十九　六月四日

不是龍顱與鳳頸
桃花一朶四蹄輕
武陵落日試天步
未必人間有此行

是れ龍顱と鳳頸とにあらず
桃花の一朶　四蹄軽し
武陵の落日　天歩を試む
未だ必ずしも人間に此の行あらず

蟬金鴈皆零落、一曲伊州涙万行。鈿蟬は箏を飾る螺鈿の蟬。金鴈は琴柱。伊州は西域の楽曲の名。

韻、下平十一尤。

枯。

桃花馬、毛並みを云う。錦繍段（馬伯庸、桃花馬）、白毛紅点巧安排、勾引春風背上来、莫解鞍雕橋下洗、恐随流水泛天台。

龍顱鳳頸、馬の品種（蘇軾、書韓幹牧馬図）。

天歩、黄庭堅（次韻子瞻和子由観韓幹馬因論伯時画天馬）、長楸落日試天歩。

人間、聯珠詩格（李白、答山中人）、桃花流水杳然去、別有天地非人間。

韻、下平八庚。

又

一朶桃花試步騰
飛如紅雨疾於鷹
春風得意弄蹄去
若不天臺定武陵

一朶の桃花　歩騰を試む
飛べば紅雨の如く鷹よりも疾し
春風意を得て蹄を弄し去る
若し天台にあらずんば武陵を定めん

歩騰、騰歩。
紅雨、もと桃花の落ちる様。
定武陵、陶淵明（桃花源記）、太守即遣人随其往、尋向所誌、遂迷不復得路。

韻、下平十蒸。

睡蓮　第五十　六月五日

睡蓮香度玉欄干
侵曉乘涼偶獨看
風繞掖池吹不覺
一枝置枕泰山安

睡蓮の香　玉欄干を度る
暁を侵し　涼に乗じて　偶々《たまたま》独り看る
風は掖池を繞《めぐ》りて吹くも覚めず
一枝　枕に置きて泰山安し

幻、梅、三、枯。

玉欄干、錦繡段（崔魯、華清宮）、更無人倚玉欄干。
侵暁、三体詩（韓偓、野塘）、侵暁乗涼偶独来。
掖池、王宮の池。
泰山安、泰山の如く安らか。

韻、上平十四寒。

又

紅蓮一朶貴妃容　紅蓮の一朶　貴妃の容
醉對明皇睡亦濃　酔ひて明皇に対ひ　睡りも亦濃かなり
太掖池頭花忽覺　太掖の池頭　花忽ち覚む
漁陽鼙鼓曉樓鐘　漁陽の鼙鼓　暁楼の鐘

春樓殘角　第五十一　六月六日

春樓殘角奈殘生　春楼の残角　残生を奈《いか》んせん
白髪蒼顏聽易驚　白髪蒼顔　聴きて驚き易し
大小梅花不吹盡　大小の梅花　吹き尽さず
言猶在耳斷腸聲　言は猶ほ耳に在り　断腸の声

白居易（微之到通州日、序）、淥水紅蓮一朶開、千花百草無顔色。太掖、白居易（長恨歌）、太掖芙蓉未央柳（芙蓉は蓮花）。魚陽、錦繍段（沈弥年、題明皇按舞図）、誰知一片笙歌裏、已有漁陽鼙鼓声。

韻、上平二冬。

梅。

残角、角笛の余響。錦繍段（陸游、建安遺興）、不許今年頭不白、城楼残角寺楼鐘。残生、杜甫（客亭）、衰病已成翁、多少残生事。梅花、落梅花、笛曲。李白（与史郎中飲）、黄鶴楼中吹玉笛、江城五

舟中聴鶯　第五十二　六月七日

舟杪鶯啼情不常
漁翁聴得伴滄浪
學而時習篷窗下
呂望非熊春晝長

舟杪に鶯啼きて情常ならず
漁翁聴き得て滄浪に伴《したが》ふ
学びて時に習ふ　篷窓の下
呂望は熊に非ず　春昼長し

月落梅花。

大小梅花、漁隠叢話（李太白）、吹笛則梅落、〔略〕且如角声、有大小梅花曲、初不言落、詩人尚猶如此用之。


韻、下平八庚。


舟杪、舟の舳先。

伴滄浪、三体詩（竇群、初入諫司喜家室至）一旦悲歓見孟光、十年辛苦伴滄浪。伴の訓は次の文に拠る。楚辞（九章、悲回風）、伴張弛之信期。鶯を脅かさぬよう、舟を流れに任せる。

時習、例の如く蒙求を読む。

呂望、太公望。蒙求（呂望非熊）、田於渭陽、将大得焉、〔略〕非虎非羆。

雪蘭　第五十三　六月八日

幽蘭葉々凍将凋
楚畹籬荒深雪朝
縦得春風國香起
靈均忠憤不能消

幽蘭葉々　凍りて将に凋まんとす
楚の畹籬荒る　深雪の朝
縦《たと》ひ春風を得て国香は起るとも
霊均の忠憤　消ゆる能はず

韻、下平二蕭。


幽蘭、楚辞（離騒）、余既滋蘭之九畹兮、又樹蕙之百畝。〔略〕時曖曖其将罷兮、結幽蘭而延佇、世溷濁而不分兮、好蔽美而嫉妬。

得春風、黄庭堅（再答并簡康国兄弟ノ二）、不得春風花不開。

国香、蘭、蘭の香。

霊均、屈原の字。錦繍段（周衡之、読騒）、霊均忠憤不能平。

春女怨　第五十四　六月九日

韻、下平七陽。

回文織就未相傳
春女傷春日若年
一別天涯無限意
香閨窗下背花眠

回文　織就《な》つて未だ相伝せず
春女　春を傷む　日は年の若し
一別の天涯　無限の意
香閨の窓下　花に背きて眠る

春女、年頃の婦人。
回文織、回文の詩句を模様に織る。錦繡段（厳仁、寄衣曲ノ二）、回文織就久停機。
無限意、杜甫（送王十五判官）、離別不堪無限意。
背花眠、三体詩（徐凝、長慶春）、夭桃窗下背花眠。

韻、下平一先。

又

傷春懶織錦機詩
是妾燈前滴涙時
一夜閨中愁萬斛
逢花猶道不相思

傷春　錦を織り詩を機《お》るに懶し
是れ妾《しょう》が灯前に涙を滴《たら》すの時
一夜の閨中　愁万斛
花に逢はば　猶ほ道《い》ふ　相思はずと

懶、聯珠詩格（葉苔磯、閨怨）、懶織回文錦字詩、〔略〕逢人猶道不相思。
是、錦繡段（厳仁、寄衣曲）、是妾灯前滴涙縫。

韻、上平四支。

改人字作花字以用意於
天涯高出蘇新上者乎

禁鐘　第五十五　六月十日

數杵聲搖惱玉皇　数杵　声揺れて玉皇を悩ます
曉風殘月冷於霜　暁風残月　霜よりも冷し
道人不識君王恨　道人は君王の恨みを知らず
擊及宮中睡海棠　撃は及ぶ　宮中の睡海棠

朱評。

三。


禁鐘、宮中の鐘。

玉皇、天子。

暁風、三体詩（杜常、華清宮）、暁風残月入華清、朝元閣上西風急。

朝元閣は道観、老子を祀る。

道人、道士。

睡海棠、楊貴妃の面影。陸游（久雨驟晴山園桃李爛漫独海棠未甚開戯作）、直令桃李能言語、何似多情睡海棠。


韻、下平七陽。

又

夜半莛揺感舊時　　夜半の莛揺　旧時を感ず
宮娃秋老鬓絲々　　宮娃　秋老いて鬓糸々たり
數聲黄葉前朝杵　　数声の黄葉　朝杵に前《さき》だつ
寒殿無人聽者誰　　寒殿に人無し　聴く者は誰ぞ

誦則恰如經廢寶慶寺耳

荷葉雨聲　　第五十六　　六月十一日

風送微涼繞畫欄　　風は微涼を送りて画欄を遶《めぐ》る
巻荷時節雨珊々　　巻荷の時節　雨珊々たり
跳珠暗響半池上　　珠を跳ばし暗く響く　半池の上

莛、鐘楼の梁。往時の宴のどよめきが浮ぶ。錦繍段（李商隠、龍池）、龍池賜酒蔽雲屏、羯鼓声高衆楽停。宮娃、官女。錦繍段（高蟾、龍池）、何事金輿不再遊、翠鬟丹臉豈勝愁、重門深鎖禁鐘後、月満驪山宮樹秋。

韻、上平四支。

墨評。経廃宝慶寺は司空曙の五言律詩（三体詩）を云う。

梅。

巻荷、捲荷。ハスの立ち葉。
跳珠、温庭筠（遊南塘寄王知者）、露点如珠落巻荷。三体詩（韓偓、野塘）、捲荷忽被微風触、瀉下清香露一杯。

一夜鴛鴦夢亦酸　　一夜の鴛鴦　夢も亦酸たり

又

一宵荷動雨霏々　　一宵　荷は動きて　雨霏々たり
曲几焼香閑下幃　　曲几に焼香し閑かに幃を下す
老去同参五更盡　　老去　同参　五更の尽
開門翡翠蹈飜飛　　門を開けば　翡翠蹈飜し飛ぶ

愁蟬　第五十七　　六月十二日

日暮愁蟬亂噪辰　　日暮　愁蟬　乱噪の辰

鴛鴦、聯珠詩格（陳藍山、折荷花）、剪時莫剪亭亭翠、減却鴛鴦夢裏香。

韻、上平十四寒。

荷動、詩人玉屑（句法）、晋宋間詩人造語雖秀抜、然大抵上下句多出一意、如魚戯新荷動、鳥散余花落。
曲几、三体詩（儲嗣宗、小楼）、曲几焚香対石屏。
老去、錦繡段（陸游、聴雨戯作）、老去同参唯夜雨。

韻、上平五微。

緑槐、蘇軾（渓陰堂）、緑槐高処一

緑槐高處欲蒼旻
只疑宋玉悲秋去
化作風湌露宿身

又

病骨全無仙蛻心
夕陽聲懶響槐陰
忽賡杜甫一生句
鳴向薫風不費吟

緑槐の高処　蒼旻ならんと欲す
只だ疑ふ　宋玉の秋を悲しみて去るを
化して風湌露宿の身と作らん

病骨　全て無し　仙蛻の心
夕陽　声は懶く槐陰に響く
忽ち賡《っ》ぐ　杜甫一生の句を
鳴きて薫風に向ひ　吟を費さず

蟬吟。

蒼旻、秋の青天。

宋玉、陸游（立秋後作）、宋玉悲秋千載後、詩人例有早秋詩。宋玉、屈原の弟子。楚辞（九辯）、悲哉秋之為気也、〔略〕蟬寂寞而無声。

風湌、風餐。風を食らい、露に宿る。葉豈潜（蟬）、柳辺暁立看虫蛻、化作風餐露宿身、林静昼長吟不絶、騒騒清苦似詩人。


韻、上平十一眞。


病骨、蟬を云う。唐詩鼓吹（曹唐、病馬呈鄭校書ノ三）、風吹病骨無驕気。

仙蛻、蟬蛻。蘇軾（遷居）、雖慚抱朴子、金鼎陋蟬蛻。

賡、賡唱。詩の贈答。

杜甫一生句、杜甫五十六歳の作の

花香破禪寂　　第五十八　　六月十三日

山房日靜坐團蒲
白髪殘僧兀似愚
老去無心愛春色
花香何事妨工夫

山房　日静かに団蒲に坐す
白髪の残僧　兀として愚に似たり
老去　無心　春色を愛す
花香何事ぞ　工夫を妨ぐるは

一百韻、秋日夔府詠懐を指すか。以下、数句を写す。登臨多物色、陶冶頼詩篇〔略〕局促看秋燕、蕭疎聴晩蟬、〔略〕身許双峰寺、門求七祖禅、落帆追宿昔、衣褐向真詮〔略〕金篦空刮眼、鏡象未離銓。

韻、下平十二侵。

花香、皇元風雅（盧疎斎、書梓山堂経室）、問俗来山郭、携春到竹渓、花香破禅寂、林樾受鶯啼。

愚、漁隠叢話（緇黄雑記）、蘇子由〔略〕頌曰、臨済不喩、至愚而悉。

無心、三体詩（鄭谷、贈日東鑑禅師）、故国無心渡海潮、老禅方丈倚中條。

工夫、弁道の商量。

韻、上平七虞。

又

忽被花香破禪寂　　忽ち花香に禅寂を破らる
生涯却愧事蒲團　　生涯　却て愧づ　蒲団に事《つか》へるを
定僧若坐海棠院　　定僧　若し海棠の院に坐さば
多少工夫又不難　　多少の工夫　又難《かた》からざらん

定僧、禅定の境の僧。三体詩（劉得仁、秋夜宿僧院）、禅寂無塵地〔略〕蛍入定僧衣。
海棠、漁隠叢話（宋朝雑記下）、淵材曰平生死無所恨、所恨者五事耳、〔略〕四恨海棠無香。

韻、上平十四寒。

楓林待月　　第五十九　　六月十四日

晩步停車坐愛辰　　晩歩　車を停めて坐《そぞ》ろに愛するの辰
楓林待月惱吟身　　楓林　月を待ちて吟身を悩ます
滿山紅葉花耶錦　　満山の紅葉　花か錦か
欲喚姮娥問僞眞　　姮娥を喚びて偽真を問はんと欲す

停車、三体詩（杜牧、山行）停車坐愛楓林晩、霜葉紅於二月花。
喚姮娥、詩人玉屑（句法）、詩有驚人句、〔略〕白楽天云、遥憐天上桂華孤、為問姮娥更要無。

韻、上平十一眞。

又

霜葉紅於九十春　霜葉は九十春よりも紅なり
停車坐愛點無塵　車を停めて坐ろに愛す　無塵を点するを
三生杜牧三祇劫　三生の杜牧　三祇劫
意在楓林月一輪　意は楓林に在り　月一輪

凍鶴　第六十　六月十五日

報客合翔諸寺前　客を報じて合《まさ》に翔ぶべし　諸寺の前
縞衣寒重立湖邊　縞衣　寒重　湖辺に立つ
梅花門戸雪毛骨　梅花の門戸　雪の毛骨

九十春、春季三月、九十日。

点、画く。

無塵、皇元風雅（趙子昂、絶句ノ二）、橘子花開香四隣、緑陰如染浄無塵。

三生杜牧、黄庭堅（往歳過広陵値早春、序）、春風十里珠簾捲、髣髴三生杜牧之。三世に転生する、揚州青楼の風流才子の面影。

三祇劫、三大阿僧祇劫。無限の時。


韻、上平十一眞。

黙、幻、枯。


凍鶴、冬の鶴。

報客、夢渓筆談（人事二）、林逋隠居杭州孤山、常畜両鶴、〔略〕遊西湖諸寺、有客至逋所居、則一童子〔略〕為開籠縦鶴、良久、逋必棹小

和靖可言生可憐

和靖は言ふべし　生可憐と

船而帰、蓋嘗以鶴飛為験也。

縞衣寒重、白い羽衣に寒さが加わる。

雪毛骨、鶴の冬姿。

生可憐、可憐生。羅湖野録（上）、玉泉皓禅師、〔略〕有示衆曰、一夜雨霶烹、打倒葡萄棚、〔略〕人力、拄底拄、撐底撐、〔略〕到天明、依旧可憐生。生は助辞。なお続いて、自謂此頌法身向上事。


韻、下平一先。

又

有鳥縞衣寒重時
氷肌玉骨雪生涯
翅翎若欲忍飛雹

鳥有り　縞衣　寒重の時
氷肌玉骨　雪の生涯
翅翎　若し飛雹を忍ばんと欲するも

氷肌玉骨、聯珠詩格（蔡蒙斎、梅）、氷肌玉骨不知寒。

飛雹、雹。また棊声、碁石の音を云う。黄庭堅（慈孝寺餞子敦席上）、晴雲浮茗椀、飛雹落文楸。

逢着仙人莫近碁　　仙人に逢着して　碁に近《した》しむ莫れ

寄笛戀　第六十一　　六月十六日

三年笛裏正堪眠　　三年の笛裏　正に眠るに堪へたり
腸斷關山半夜天　　腸断す　関山半夜の天
若到君邊君苦聽　　若し君辺に到らば君は苦《ねんごろ》に聴かん
一聲月白想夫憐　　一声　月は白し　想夫憐

近碁、三体詩（許渾、送宋処士帰山）、世間甲子須臾事、逢着仙人莫看碁。前注、夢渓筆談の続く文に、常謂人曰、逋世間事皆能之、唯不能担糞与著棋、とある。

韻、上平四支。

寄笛恋、歌題。六百番歌合（恋九、六番左）、笛竹の声のかぎりをつくしても猶憂きふしやよゝに残らん。三年、杜甫（洗兵行）、三年笛裡関山月、万国兵前草木風。関山月は笛の曲。想夫憐、楽曲の名。相府蓮。楽府詩集（相府蓮）、夜聞鄰婦泣、切切有余哀、即問縁何事、征人戦未廻。

韻、下平一先。

苔銭　第六十二　六月十七日

青苔日厚自無修
百萬緡銭小路頭
忽買清閑偏稱意
貧居屋裏貯楊州

青苔　日に厚く自ら修《おさ》むこと無し
百万の緡銭　小路頭
忽ち清閑を買ひて偏に意に称《かな》ひ
貧居の屋裏　楊州を貯ふ

苔銭、ゼニゴケの類。

緡、銭貫。

楊（揚）州、夢を云う。揚州之鶴の故事。蘇軾（於潜僧緑筠軒）、可使食無肉、〔略〕人痩尚可肥、俗士不可医、傍人笑此言、似高還似癡、若対此君大嚼、世間那有揚州鶴。


韻、下平十一尤。

又

老矣貧家社日秋
苔銭半富夕陽收
金鋪稱意非吾事
欲買風花却買愁

老いたり　貧家　社日の秋
苔銭　富を半ばして夕陽収む
金鋪　意に称ふは吾が事に非ず
風花を買はんと欲し却つて愁を買ふ

社日、秋社。

金鋪、戸の豪奢な金具。黄庭堅（万州下巌）、石室無心骨、金鋪称意苔。

買風花、鄭谷（苔銭）、雨後無端満窮巷、買花不得買愁来。


韻、下平十一尤。

寒蛩催織　第六十三　六月十八日

爲入吾床伴苦吟　吾が床に入らんと為《ほっ》して苦吟を伴ふ
寒蛩弄杼暫相紝　寒蛩　杼を弄して暫く相紝《お》る
露機若向曉風斷　機を露し　暁風に向ひて断つが若し
蟲亦秋來孟母心　虫も亦　秋来　孟母の心ならん

芙蓉鏡　第六十四　六月十九日

一朶芙蓉鏡一臺　一朶の芙蓉　鏡一台
秋江映水點無埃　秋江　水に映じて　無埃を点ず
爲慚白髮千莖雪　慚ぢんと為《ほっ》す　白髪　千茎の雪
不向東風怨未開　東風に向ひて未開を怨みず

寒蛩、蟋蟀。聯珠詩格（張忠宝、謝逸士）、寒蛩夜静忙催織。露機、孟母断機。蒙求（軻母断機）、孟母以刀断其織曰、子之廃学、若吾断斯織也。

韻、下平十二侵。

芙蓉、蓮。
白髪、杜甫（鄭駙馬池台）、白髪千茎雪、丹心一寸灰。
不向東風、聯珠詩格（高蟾、上高侍郎）、芙蓉生在秋江上、不向東風怨未開。

韻、上平十灰。

蝶　第六十五　六月廿日

得弓之一字

輕舞春園西又東
過墻幾度覓殘紅
一生似受風流罪
不近梅花五百弓

軽く春園に舞ふ　西又東
墻を過ぎり幾度か残紅を覓《もと》む
一生　風流の罪を受くるに似たれども
梅花の五百弓に近からず

覓残紅、三体詩（王建、宮詞）、樹頭樹底覓残紅、一片西飛一片東。風流罪、張道詮（対梅）、数点枝頭黏白玉、一年春意動黄鍾、為渠拚受風流罪、只恐風流不到儂。梅花五百弓、弓は長さの単位。梅の並木。

韻、上平一東。

又

身是南華一夢中
常憐薄命向東風
莊周枕上樓鐘曉

身は是れ南華一夢の中
常に薄命を憐みて東風に向ふ
荘周の枕上　楼鐘の暁

南華一夢、荘子（斉物論）、荘周夢為蝴蝶、栩栩然蝴蝶也。遊、荘子（徳充符）、遊於羿之彀中、中央者中地也、然而不中者命也。羿は往古の弓の名手。彀弓は張っ

栩々然遊羿彀弓　栩《く》々然として羿《げい》の彀弓に遊ぶ

彀弓字雖未稔復其工最
秀于外者也

槿花夕陽　第六十六　六月廿一日

夕陽風外幾多情　夕陽の風外　幾多の情
紅槿露乾纔向榮　紅槿　露乾きて纔《わづ》かに栄に向ふ
越鳥聲中花亦老　越鳥の声中　花も亦老ゆ
人生七十日西傾　人生七十　日は西に傾く

推枕軒　第六十七　六月廿二日

た弓。

韻、上平一東。

朱評。

槿花、白居易（放言）、槿花一日自為栄、何須恋世常憂死、亦莫嫌身漫厭生、生去死来都是幻、幻人哀楽繋何情。
越鳥、三体詩（李徳裕、嶺南道中）、紅槿花中越鳥啼。

韻、下平八庚。

忽得浮生半日閑
軒中推枕對孱顔
安眠高臥羲皇上
暫借僧房置泰山

忽ち得たり　浮生半日の閑
軒中　枕を推して孱顔《せん》に対す
安眠高臥す　羲皇の上
暫く僧房を借りて泰山に置く

推枕軒、陸游（南軒）、南軒修竹下、枕簟終日眠、〔略〕推枕起太息、四序忽已遷。

浮生、三体詩（李渉、題鶴林寺）、因過竹院逢僧話、又得浮生半日閑。

孱顔、山の険しい貌。

陸游（東園小飲）、乞得残骸老故山、草亭終日対孱顔。

羲皇上、伏羲以前、太古の安逸の民。古今禅藻集（守仁、宝古斎為曹明仲作）、北窓日午暑風清、悠然高臥羲皇上。

泰山、安泰の喩。


韻、上平十五刪。

又

推枕軒中絶世縁
生涯衣破履猶穿

推枕軒中　絶世の縁
生涯　衣は破れ履は猶ほ穿《あな》あく

絶世縁、陸游（晩起）、売剱捐書絶世縁、掩関高枕送流年。

衣破、陸游（放歌行）、稽山一老貧

葉聲秋晩山房夜　葉声　秋は晩る　山房の夜
年老心閑聽雨眠　年老い心閑かに雨を聴きて眠る

春夜思友　第六十八　六月廿三日

暫思好友立春宵　暫く好友を思ふ　立春の宵
一別天涯路更遙　一別の天涯　路更に遥かなり
月下對花猶不忘　月下　花に対して猶ほ忘れず
去年秋雨過楓橋　去年　秋雨の楓橋を過ぎしを

又

獨酌青州慰白頭　独り青州を酌みて白頭を慰む

無食、衣破履穿面黧黒。
聴雨眠、陸游（酔書）、投老未除遊侠気、平生不作俗人縁、一樽酌罷玻瓈酒、高枕窗辺聴雨眠。

韻、下平一先。

梅。

思友、三体詩（杜牧、懐呉中馮秀才）、長州苑外草蕭蕭、卻算遊程歳月遥、唯有別時今不忘、暮烟秋雨過楓橋。

韻、下平二蕭。

青州、美酒の異名、青州従事に因む。

春宵一刻思悠々　　春宵の一刻　思ひ悠々たり
月移花影欄干上　　月は花影を移す　欄干の上
恨是無人自獻酬　　是れ人無く自ら献酬するを恨む

世説新語（術解）青州有齊郡、〔略〕従事言到臍。
春宵、蘇軾（春夜）、春宵一刻直千金、花有清香月有陰。
月移、聯珠詩格（王安石、夜直）、春色悩人眠不得、月移花影上闌干。
無人、蘇軾（壬寅二月有詔）、惟有泉傍飲、無人自献酬。

韻、下平十一尤。

語燕窺硯　第六十九　六月廿四日

語燕聲々日未闌　　語燕の声々　日未だ闌《たけなは》ならず
一飛窺硯暫盤桓　　一飛して硯を窺ひ　暫し盤桓
呢喃報道莫涵筆　　呢喃　報じて道《い》ふ　筆を涵《ひた》すこと莫れと
若倒三江翼可乾　　若し三江を倒《さかしま》にせば翼は乾くべし

枯。

語燕、蘇軾（庚申歳人日作ノ二）、新巣語燕還窺硯、旧雨来人不到門。
盤桓、ぐずぐず。
倒三江、黄庭堅（子瞻去歳春夏侍立）、胸蟠万巻夜光寒、筆倒三江硯滴乾。

韻、上平十四寒。

酒醒風動竹　　第七十　　六月廿五日

風竹動時陶亦云　　風竹　動く時　陶も亦云はん
酒醒愁意亂於雲　　酒　醒めて愁意は雲よりも乱る
誰歟醉裏起予者　　誰か酔裏に予を起す者ぞ
近聽菴前抱節君　　近く聴く　菴前の抱節君

又

脩竹千竿一醉鄉　　脩竹千竿　一酔の郷
書窗閑處自生涼　　書窓閑処　自ら涼を生ず
醒來忽對佳人坐　　醒め来たつて忽ち佳人に対ひて坐す

酒醒、蘇軾（次韻陽行先）、酒醒風動竹、夢断月窺楼。
陶、陶淵明。蘇軾（次韻定慧欽長老ノ二）、我云君且去、陶云吾亦云。
起予者、論語（八佾）、子日、起予者商也。
抱節君、竹。蘇軾（此君菴）、寄語菴前抱節君、与君到処合相親。

韻、上平十二文。

脩竹、三体詩（厳維、歳初喜）、明朝別後門還掩、脩竹千竿一老身。
風吹、杜甫（厳鄭公宅同詠竹）、雨洗涓涓浄、風吹細細香。

翠袖風吹細々香　　翠袖　風吹き細々として香る

夢雪　　第七十一　　六月廿六日

鄭公詩思興無窮　　鄭公の詩思　興は窮り無し
盡到枕頭入夢中　　尽く枕頭に到つて夢中に入る
身在灞橋驢子上　　身は灞橋　驢子の上に在り
覺來簾外五更風　　覚め来たれば　簾外　五更の風

韻、下平七陽。

黙、幻、梅、策。


夢雪、五山文学では暑中の詩題。

鄭公、鄭棨。唐の詩人。詩人玉屑（詩思）、詩之有思、卒然遇之而莫遏、鄭棨〔棨〕詩思、在灞橋風雪中驢子上。

無窮、詩人玉屑（詩弁、滄浪謂）詩者吟詠情性也、盛唐諸人惟在興趣、〔略〕如空中之音、相中之色、水中之月、鏡中之象、言有尽而意無窮。

身在、夢中、風雪の中にあり。

灞橋、長安の東、灞水の送別の橋。錦繡段（皇甫冉、柳）、灞橋攀折一何頻、思量却是無情樹。

覚来、陸游（巴東遇小雨）、従今詩在巴東県、不属灞橋風雪中。

又

書窗燈翳打眠辰
一夢稍親滕六神
西嶺千秋孤枕上
曉鐘動處盡逢春

書窓　灯は翳る　打眠の辰
一夢　稍や親しみて　六神を腠《しの》ぐ
西嶺の千秋　孤枕の上
曉鐘の動《どよも》す処　尽く春に逢ふ

韻、上平一東。

打眠、眠る。五灯会元（巻十八、純白紹覚禅師）、饑時喫飯、困来打眠。
滕、腠か。凌。
六神、寒暑など、六の神々。
西嶺千秋、聯珠詩格（杜甫、絶句）、牕含西嶺千秋雪。
尽逢春、五灯会元（巻十三、龍光諲禅師）、師曰千江同一月、万戸尽逢春。

韻、上平十一眞。

雲似敗碁　第七十二　六月廿七日

出岫如碁終未完
片雲成敗幾千般
縦然萬里風吹散
只在仙家石上盤

岫を出るも碁の如く終に未だ完からず
片雲の成敗　幾千般
縦ひ然《しか》く万里の風は吹き散らすとも
只だ在り　仙家　石上の盤

蓮船　第七十三　六月廿八日

花滿汀州如畫圖
漁翁隔岸錯相呼
六郎去後無人棹
一葉隨風泛鑑湖

花は汀州に満ちて画図の如し
漁翁　岸を隔てて錯りて相呼ぶ
六郎　去りて後　人の棹さすこと無し
一葉　風に随ひて鑑湖に泛ぶ

雲似、錦繡段（潘紫岩、晴）、雲似敗棊無著処。
出岫、陶淵明（帰去来、文選巻四十五）、雲無心以出岫。
仙家、三体詩（許渾、送宋処士帰山）、逢着仙人莫看碁。
韻、上平十四寒。

蓮船、白居易（看採蓮）、小桃間上小蓮船、半採紅蓮半採白蓮。
錯相呼、花蕊宮詞（説郛巻十四下）、宮女安排入画図、〔略〕御前頻見錯相呼。
六郎、蓮花の異名。皇元風雅（范徳機、蓮房）、憶得花神一笑懽、六郎家住小江干。
鑑湖、鏡湖。李白（子夜呉歌ノ二）、鏡湖三百里、菡萏発荷花。

連理蕉　第七十四　六月廿九日

連理芭蕉盟未修
三郎入蜀更多愁
長生私語霖鈴夕
都作雨聲不耐秋

連理の芭蕉　盟は未だ修めず
三郎　蜀に入りて　更に愁多し
長生の私語　霖鈴の夕
都《すべ》て雨声を作して　秋に耐へず

韻、上平七虞。


三郎、玄宗の小名。錦繍段（僧蔵叟、李白）、三郎入蜀更郎当。

長生私語、白居易（長恨歌）、七月七日長生殿、夜半無人私語時、在天願作比翼鳥、在地願為連理枝。

霖鈴、雨霖鈴。玄宗が蜀で作らせた曲。説郛（雨、巻六十九下）、於桟道雨中、聞鈴声与雨相応、上悼貴妃、因採其声為雨霖鈴、寄恨焉。

不耐秋、三体詩（竇鞏、訪隠者不遇）、欲題名字知相訪、又恐芭蕉不耐秋。

又

韻、下平十一尤。

秋冷芭蕉盟不寒
自修連理傍欄干
而今葉上無愁雨
一夜枕頭聲亦歡

秋冷の芭蕉　盟は寒《ひや》さず
自ら連理を修めて　欄干に傍《そ》ふ
而今　葉上　愁雨無く
一夜の枕頭　声も亦歓なり

意句俱到自是時人聽可
洗耳者乎

連理、黄庭堅（戯答陳季常寄黄州山中連理松枝二首ノ二）、老松連枝亦偶然、紅紫事退独参天、金沙灘頭鏁子骨、不妨随俗暫嬋娟。〔五灯会元（巻十一、風穴延沼禅師）、問如何是清浄法身、師曰金沙灘頭馬郎婦〕

韻、上平十四寒。

墨評。

漁樵問答圖　第七十五　六月晦日

諳得人間一夢榮
漁樵相對慰殘生
擲薪罷釣話何事

諳《そらん》じ得たり　人間一夢の栄
漁樵　相対して残生を慰む
薪を擲ち釣を罷めて何事をか話《かた》る

漁樵問答、画題。宋の邵雍（康節）の著とされる漁樵問答（宋元学案巻九）に因む。漁者垂釣於伊水之上、樵者過之、弛担息肩、坐于磐石之上而問於漁者（説郛巻八）。

盡是山雲海月情　尽く是れ山雲海月の情

牧溪畫得到處之佳景今
復吟得如在目前

殘生隨白鷗　第七十六　七月朔日

萬頃隨鷗愧老顔　万頃　鷗に随ひて老顔を愧づ
殘生何事鬓斑々　残生　何事ぞ　鬓斑々
江南野水無人至　江南の野水　人の至る無し
來往風波共一閑　来往の風波　共に一閑

山雲海月、碧巌録（五十三則頌）、話尽山雲海月情。

韻、下平八庚。

朱評。

残生、杜甫（去蜀）、万事已黄髪、残生随白鷗。
万頃、水と地の広漠を云う。杜甫（渼陂行）天地黤惨忽異色、波濤万頃堆琉璃。
江南野水、黄庭堅（演雅）、江南野水碧於天、中有白鷗閑似我。

韻、上平十五刪。

又

人生七十一江流
遁得全輕萬戸侯
年老心閑相伴睡
比來天地兩沙鷗

人生七十　一江流
遁れ得て全て軽し　万戸の侯
年老いて心閑かに睡りに相伴ふ
比べ来たる　天地の両沙鷗

人生、杜甫（曲江二首ノ二）、酒債尋常行処有、人生七十古来稀。
万戸侯、大名。才調集（胡曽、贈漁者）、不媿人間万戸侯、子孫相継老扁舟。
両沙鷗、杜甫（旅夜書懐）、飄飄何所似、天地一沙鷗。

韻、下平十一尤。

夢到楓橋　第七十七　七月二日

滿眼楓橋覺又非
鐘聲不許蝶魂飛
枕途送我無張繼
月落烏啼孤自歸

満眼の楓橋　覚めて又非なり
鐘声は許さず　蝶魂の飛ぶを
枕途　我を送るに張継は無し
月落ち烏啼きて　孤り自ら帰る

楓橋、錦繍段（張継、再到楓橋）、烏啼月落寒山寺、欹枕猶聴半夜鐘。
無張継、三体詩（皇甫冉、酬張継）、落日臨川問音信、寒潮惟帯夕陽還。

韻、上平五微。

夜雨暗禪燈　第七十八　七月三日

殘僧一二鬢毿々
雨暗禪燈閑打談
半盞青銅十年夜
燒香臥聽舊同參

殘僧は一二　鬢毿《さん》々
雨は禅灯に暗く　打談に閑かなり
半盞の青銅　十年の夜
香を焼きて臥して聴く　旧同参

又

蒲團半破伴殘僧
世事從來更不能
白髮山堂無月夜
夜深雨斷對靑燈

蒲団は半ば破れて　残僧に伴ふ
世事　従来更に能くせず
白髪の山堂　無月の夜
夜深く雨は断え　青灯に対ふ

夜雨、皇元風雅（滕玉霄、僧舎）、一枕松風入夢清、空庭夜雨暗禅灯。
禅灯、高麗の石の灯明（遵生八牋）。ここでは、青銅製の盞。
打談、話す。
同参、同学。錦繡段（陸游、聴雨戯作）、老去同参唯夜雨。

韻、下平十三覃。

世事、陸游（歳暮書懐）、世事従来不可常、把茆猶幸得深蔵。
無月、黄庭堅（雨晴過石塘留宿）、独臥蕭斎已無月、夜深猶聴読書声。

韻、下平十蒸。

春睡枕書　第七十九　七月四日

春宵睡足淡生涯　春宵　睡りは足る　淡生涯
一枕高支書五車　一枕高く支ふ　書は五車
因採離騷臥窗下　因て離騒を採りて窓下に臥す
腐儒夢不見梅花　腐儒は夢に梅花を見ず

又

殘燈稍翳碧紗籠　残灯は稍や翳る　碧紗籠

幻、梅、枯。

枕書、蘇軾（孔毅父以詩戒飲酒）、枕書熟睡呼不起、好学憐君工雑擬。淡生涯、陸游（秋思ノ三）身似龐翁不出家、一窗自了淡生涯。書五車、杜甫（柏学士茅屋）、富貴必従勤苦得、男児須読五車書。腐儒、自分を云う。蘇軾（次韻孔毅父ノ二）、腐儒麤糲支百年、力耕不受衆目憐。不見梅花、離騒は梅の一字を欠く。聯珠詩格（鄭碩、梅楼）、勧君莫把離騒読、見説梅花恨未平。

韻、下平六痲。

碧紗籠、王播の故事。

春睡枕書臥曉風　　春睡枕書　曉風に臥す
卷換曲肱花史記　　巻きて曲肱に換ふ　花史の記
腐儒道樂在其中　　腐儒の道の楽　其の中に在り

松間聽碁　　第八十　　七月五日

誰向松間卜隱不　　誰か松間に卜して隠るや不《いな》や
近聽飛雹落文楸　　近く聴く　飛雹の文楸に落つるを
子聲相響莫驚睡　　子声　相響くも睡りを驚かす莫し
下有淵明上白鷗　　下に淵明有り　上に白鷗

漁隠叢話（唐人雑紀上）播題二絶云、〔略〕二十年来塵撲面、而今始得碧紗籠。

花史記、花卉、特に梅の書画巻か。

道楽、法華義疏（方便品第二）、何ゾ未発ノ衆生ニ道ノ楽ヲ生マシメズシテ、猶迷惑セシムルヤ〔原漢文〕。

韻、上平一東。


梅。


誰、鶴。賈島（送譚遠上人）、垂枝松落子、側頂鶴聴棋。

飛雹、子声、碁石を打つ音。文楸、碁盤。黄庭堅（慈孝寺餞子敦席上）、晴雲浮茗椀、飛雹落文楸。

淵明、陶淵明。三徑就荒、松菊猶存（帰去来）。

韻、下平十一尤。

故園桃李　第八十一　七月六日

月白故園桃李村
憶曾相送出柴門
別來花亦恨多否
咲向春風終不言

月は白し　故園　桃李の村
憶ふ　曽て相送りて柴門を出しを
別来　花も亦恨み多きや否や
咲ひて春風に向ひ　終に言はず

故園桃李、三体詩（顧況、洛陽早春）、何地避春愁、終年憶旧遊、〔略〕故園桃李月、伊水向東流。花恨、才調集（韋荘、古離別）、一生風月供惆悵、到処烟花恨別離。終不言、黄庭堅（古風二首ノ一）、江梅有佳実、託根桃李場、桃李終不言、朝露借恩光。

韻、上平十三元。

又

一別緋桃千樹春
故園今更隔秋旻
他時歸去花將道
前度劉郎又此人

一別す　緋桃　千樹の春
故園　今更に秋旻を隔つ
他時　帰去せば花は将に道《い》はん
前度の劉郎　又此の人と

千樹、才調集（劉禹錫、自朗州至京）、玄都観裏桃千樹、尽是劉郎去後栽。前度劉郎、才調集（劉禹錫、再遊玄都観）、種桃道士帰何処、前度劉郎今又来。

韻、上平十一眞。

秋浦白鷺　第八十二　七月七日

秋浦斜風細雨瞑
半晴白鷺展雙翎
漁翁可怪梨耶雪
一點輕飛落晩汀

秋浦　斜風細雨に瞑し
半ば晴れ　白鷺　双翎を展《ひろ》ぐ
漁翁怪しむべし　梨か雪かと
一点軽く飛びて晩汀に落つ

又

秋江水繞自縱横
白鷺眠閑猶未驚
拳立蘆花所何似
樂天姓氏謫仙名

秋江　水は繞る　自ら縦横
白鷺の眠り閑かに猶ほ未だ驚かず
芦花に拳立して何の似る所ぞ
楽天は姓氏　謫仙は名なり

秋浦、李白（秋浦歌ノ十三）、緑水浄素月、月明白鷺飛。

斜風、蘇軾（西塞風雨）、斜風細雨到来時、我本無家何処帰。

梨、梨雪。才調集（韋荘、対梨花）、林上梨花雪圧枝、独攀瓊艶不勝悲。

韻、下平九青。


芦花、続古尊宿語要（第一集）、要会相似句麼、白鷺沙汀立、芦花相対開。

楽天、易経（繋辞上伝）、楽天知命、故不憂。

楽天姓氏、方岳（梅花十絶ノ八）、三分香有七分清、月冷霜寒太痩生、山沢之儒君識否、楽天姓氏謫僊名。

白頭對紅葉　第八十三　七月八日

閑看紅葉憶同遊　閑かに紅葉を看て同遊を憶ふ
五十天涯一白頭　五十の天涯　一白頭
慣被百花撩亂咲　百花撩乱に咲はるるに慣れて
老來頻愧滿林秋　老来　頻りに愧づ　満林の秋

又

烟雨山々青已黄　烟雨の山々　青は已に黄
白頭對葉愛紅粧　白頭　葉に対ひて紅粧を愛づ

韻、下平八庚。

白頭、三体詩（許渾、秋思）、琪樹西風枕簟秋、楚雲湘水憶同遊、高歌一曲掩明鏡、昨日少年今白頭。五十天涯、黄庭堅（再答元輿）、法当憔悴百僚底、五十天涯一禿翁。百花撩乱、三体詩（熊孺登、祗役遇風謝湘中春色）、応被百花撩乱笑。

韻、下平十一尤。

烟雨、黄庭堅（古風二首ノ一）、歳月坐成晩、煙雨青已黄。対葉、黄庭堅（謝公定和二范秋懐

滿林添色亦何怪　　滿林　色を添ふも亦何ぞ怪しまん
一髪三千餘丈霜　　一髪　三千余丈の霜

竹間榴花　　第八十四　　七月九日

烈火紅榴照眼昭　　烈火の紅榴　眼を照して昭《あき》らかなり
竹間五月一枝朝　　竹間　五月　一枝の朝
佳人翠袖裏春否　　佳人の翠袖は春を裹《つつ》むや否や
花尚如燃風不消　　花　尚燃えるが如く風も消さず

杜甫醉像　　第八十五　　七月十日

人生七十夕陽收　　人生七十　夕陽収む

ノ二)、白頭対紅葉、奈此揺落何。
一髪、李白（秋浦歌ノ十五）、白髪三千丈、縁愁似箇長。
韻、下平七陽。

梅、枯。

照眼、聯珠詩格（韓愈、榴花）、五月榴花照眼明、枝間時見子初成。
佳人、蘇軾（趙昌四季、芍薬）、倚竹佳人翠袖長、天寒猶著薄羅裳。
花如燃、杜甫（絶句二首ノ二）、江碧鳥逾白、山青花欲然。
韻、下平二蕭。

杜甫酔像、三体詩（曽朝伯、酔杜

無限憂心酔即休
風雨秋寒草堂夜
一盃聊忘一生愁

無限の憂心　酔ひて即ち休《や》む
風雨　秋は寒し　草堂の夜
一盃　聊か忘る　一生の愁

甫像）、澆愁毎恨酒盃乾、憂心如酔非真酔。

人生七十、杜甫（曲江二首ノ二）、酒債尋常行処有、人生七十古来稀。

憂心、杜甫（蘇端薛復筵簡薛華酔歌）、垂老悪聞戦鼓悲、急觴為緩憂心擣、〔略〕如澠之酒常快意、亦知窮愁安在哉、古人白骨生青苔、如何不飲令心哀。

草堂、杜甫（寄題江外草堂）、嗜酒愛風竹、卜居此林泉。

一盃、杜甫（台上）、老去一盃足、誰憐屢舞長。

韻、下平十一尤。

又

花猶濺涙鳥心驚
恨別感時愁一生

花にも猶ほ涙を濺ぎ鳥にも心を驚かす
別れを恨みて時に感ず　愁の一生を

濺涙、杜甫（春望）、感時花濺涙、恨別鳥驚心。

無外事、三体詩（僧霊徹、答韋丹）、

酔去胸襟無外事
閨中高枕遠江聲

胸襟を酔去すれば外事無し
閨中の高枕　遠江の声

讀孔德璋北山移文　第八十六　七月十一日

隱淪千古孰能休
世有周顒林亦羞
鶴怨猿驚人不見
山風吹盡桂花秋

隠淪　千古　孰か能く休《や》めん
世に周顒有り　林も亦羞づ
鶴は怨み猿は驚き人は見ず
山風吹き尽くす　桂花の秋

年老心閑無外事。
高枕、杜甫（客夜）、入簾残月影、
高枕遠江声。
韻、下平八庚。

孔徳璋、孔稚珪の字。南斉、山陰の人。隠逸の志を捨て官職についた周顒を、その地の鍾山（北山）の霊に非議させる、北山移文（文選巻四十三）の作者。
移文の移は、回覧。
鶴怨、（北山移文）、蕙帳空兮夜鵠怨、
山人去兮暁猨驚、〔略〕秋桂遺風、
春蘿罷月。
山風、三体詩（許渾、送宋処士帰山）、
山風吹尽桂花秋。
韻、下平十一尤。

又

竊吹濫巾今則亡
曉猿驚處月茫々
山人去後無人至
蕙帳秋空小草堂

竊かに濫巾を吹きて今は則ち亡し
暁猿驚く処　月茫々
山人去りて後　人の至る無し
蕙帳　秋空　小草堂

濫巾、隠者の頭巾をみだりに着す。（北山移文）、偶吹草堂、濫巾北岳、誘我松桂、欺我雲壑。

韻、下平七陽。

燈瀑　第八十七　七月十二日

忽被儒呼瀑布名
青燈一盞一宵明
半窗漲落三千尺
誰把廬山上短檠

忽ち儒に瀑布の名を呼ばる
青灯　一盞　一宵明し
半窓より漲り落つ　三千尺
誰か廬山を把りて短檠に上げん

灯瀑、灯花。丁子頭。蘇軾（曹渓夜観伝灯録）、山堂夜岑寂、灯下看伝灯、不覚灯花落、荼毘一個僧。

瀑布、錦繍段（顧謹中、廬山瀑布）、錯被人呼瀑布名。

三千尺、聯珠詩格（李白、廬山瀑布）、飛流直下三千尺。

煉得甚不勞力矣

又

窗下學而時習時
廬山掛在短檠枝
徐凝昔日若挑盡
只合終身洗惡詩

窓下　学びて時に習ふの時
廬山は掛在す　短檠の枝
徐凝の昔日　若し挑み尽すも
只だ合《まさ》に終身　悪詩を洗ふべし

韻、下平八庚。

朱評。

学而、論語（学而）、学而時習之、不亦説乎。

徐凝、中唐の詩人。竟不成名（唐才子伝）。

聯珠詩格（蘇軾、廬山瀑布）、帝遣銀河一派垂、古来惟有謫仙詞、飛流濺沫知多少、不与徐凝洗悪詩。その詩題に曰く、世伝徐凝瀑布詩云、一條界破青山色、至為塵陋、又偽作楽天詩称美此句、有賽不得之語、楽天雖渉浅易、然豈至是哉、乃戯作一絶（蘇軾詩集巻二十三）。

韻、上平四支。

蓬萊杜鵑　　第八十八　　七月十三日

客夢驚回所濕衣　　客夢驚き回る所　衣を湿す
蓬萊暮雨子規飛　　蓬萊の暮雨　子規飛ぶ
聲々若識明皇恨　　声々　若し明皇の恨みを識らば
啼向楊妃苦勸歸　　啼きて楊妃に向ひ苦《ねんごろ》に帰るを勧めよ

潮鷄　　第八十九　　七月十四日

潮鷄報曉釣磯灣　　潮鶏暁を報じて　磯湾に釣る
回棹漁翁幾往還　　棹を回し　漁翁幾《いくたび》か往還す
若是廢鳴鎖船路　　若し是れ鳴を廃し　船路を鎖《とざ》さば
潯陽江上亦函關　　潯陽江上も亦函関

蓬萊、東海の蓬萊宮（長恨歌）。女道士太真（楊貴妃）が住む。

明皇、玄宗。


韻、上平五微。


潮鶏、満潮を告げる鶏。三体詩（李徳裕、嶺南道中）、五月畬田収火米、三更津吏報潮雞。

廃鳴、蘇軾（至済南李公択以詩相迎）、剰作新詩与君和、莫因風雨廃鳴晨。

潯陽江、白居易が琵琶行を作った所。三体詩（顧況、葉道士山房）、潯陽江上不通潮。

函関、函谷関。鶏鳴狗盗の故事。
古文真宝（王安石、読孟嘗君伝）、
嗟乎、孟嘗君特雞鳴狗吠之雄耳、
〔略〕雞鳴狗吠之出其門、此士之所
以不至也。

韻、上平十五刪。

又

潮鶏一拍兩三聲
釣叟夜深眠欲驚
月照銀沙浙江曉
錯成茅屋午時鳴

潮鶏　一拍　両三声
釣叟　夜深　眠りは驚かんと欲す
月は銀沙に照る　浙江の暁
錯りて成す　茅屋　午時の鳴

一拍、津吏の合図。
銀沙、錦繡段（元唐卿、雪夜訪僧）、
一天明月洒銀沙。
茅屋、三体詩（劉禹錫、秋日送客
至潜水駅）、候吏立沙際、田家連竹
渓、楓林社日鼓、茅屋午時雞。

韻、下平八庚。

柳陰繫舟　第九十　七月十五日

不在蘆花淺水邊
漁翁柳下繫舟眠
生涯罷釣歸來後
又靜思聽去夏蟬

在らず　芦花　浅水の辺に
漁翁　柳下　舟を繋ぎて眠る
生涯　釣りを罷めて帰来の後
又静思し　夏蝉を聴き去る

繋舟、三体詩（司空曙、江村即事）、罷釣帰来不繋船、江村月落正堪眠、縦然一夜風吹去、只在芦花浅水辺。聴蝉、陸游（睡起ノ二）、安得門前無俗客、岸巾臨水聴蝉吟。

韻、下平一先。

又

斜風細雨鷓鴣飛
罷釣擲竿辭石磯
江上晩來柳絲亂
漁人得繫片舟歸

斜風細雨　鷓鴣飛ぶ
釣りを罷めて竿を擲ち石磯を辞す
江上　晩来　柳糸乱る
漁人　片舟を繋ぎ得て帰る

斜風細雨、蘇軾（西塞風雨）、斜風細雨到来時、我本無家何処帰。鷓鴣飛、三体詩（孟遅、閑情）、山上有山帰不得、湘江暮雨鷓鴣飛。漁人、才調集（鄭谷、雪中偶題）、江上晩来堪画処、漁人披得一簑帰。

韻、上平五微。

金鈴菊　第九十一　七月十六日

菊有金鈴香暗浮　菊に金鈴有り　香暗に浮かぶ
一枝開處以鳴秋　一枝開く処　以て秋に鳴る
明皇若把掛花上　明皇　若し把りて花上に掛くれば
野鳥無端亦姓劉　野鳥　端無く亦劉を姓とせん

帰鴈背花　第九十二　七月十七日

不信雁其問水濱　信ぜず　雁は其れ水浜に問ふと
風流罪重背花人　風流　罪は重し　花に背く人

金鈴菊、一名を茘枝菊と云う。細弁簇、成小毬、如小茘枝（范村菊譜）。

茘枝は楊貴妃の好物。

錦繍段（僧一初、墨菊）、陶家旧本偏林丘、野草無端亦姓劉、典午山河無寸土、籬辺分得一枝秋。

明皇、玄宗。

花上、錦繍段（蕭氷崖、花上金鈴）、揺曳金鈴日幾回、不教紅紫委蒼苔。

姓劉、東晋を襲った宋の劉裕。唐朝の瓦解を諷す。


韻、下平十一尤。


帰雁、三体詩（銭起、帰雁）、瀟湘何事等閑回。

問水浜、石倉歴代詩篇（曹鄴、南

洛陽何事等閑去
未必胡園有此春

洛陽　何事ぞ等閑に去る
未だ必ずしも胡園に此の春有らざらん

團扇放翁　第九十三　七月十八日

千億分身陸放翁
乗涼忽入素紈中
七年夜雨不曾畫
老去同參一柄風

千億の分身　陸放翁
涼に乗じて忽ち入る　素紈の中
七年の夜雨　曽て画かず
老去　同参　一柄の風

征怨）、吾欲問水浜、宮殿已生草。
胡園、胡（北国）の苑池。

韻、上平十一眞。

枯。

千億、錦繡段（陸游、梅）、何方可化身千億、一樹梅花一放翁。
素紈、陸游（村居初夏ノ五）、我有素紈如月扇、会憑名手作新図。
七年夜雨、錦繡段（陸游、聴雨戯作ノ二）、七年夜雨不曽知。
老去同参、錦繡段（陸游、聴雨戯作）、老去同参唯夜雨。

韻、上平一東。

霜碪　第九十四　　七月十九日

一夜閨中思萬重
霜砧幽響涙無從
曉天初擣約青女
楚戸數聲豐嶺鐘

一夜の閨中　思ひ万重
霜砧の幽響　涙の従ふ無し
暁天初めて擣き　青女と約す
楚戸の数声　豊嶺の鐘

又

數杵霜砧曉更幽
細聽近報漢宮秋
何人用竭閨中力

数杵の霜砧　暁更に幽なり
細かに聴けば近く報ず　漢宮の秋
何人か用ひ竭《つく》さん　閨中の力

霜碪、黄庭堅（贈張仲謀）、爾来更覚苦語工、思婦霜碪擣寒月。

青女、霜雪の神。錦繍段（楊万里、糖霜）、青女吹霜凍作氷。

楚戸、杜甫（風疾舟中伏枕書懐）、三霜楚戸砧。

豊嶺鐘、山海経、豊山（略）有九鐘焉、是知霜鳴。和漢朗詠集（月、夜月似秋霜）欲和豊嶺鐘声否。


韻、上平二冬。


近報、三体詩（韓翃、同題仙遊観）、砧声近報漢宮秋。

閨中力、杜甫（擣衣）已近苦寒月、況経長別心、寧辞擣衣倦、一寄塞垣深、用尽閨中力、君聴空外音。

空外聲高暗結愁　　空外　声高く暗に愁を結ぶ

意到句不到

衡門數鴉　　第九十五　　七月廿日

獨數寒鴉暫眺望　　独り寒鴉を数へて暫く眺望す
衡門日落欲昏黄　　衡門　日は落ち昏黄ならんとす
袈裟立盡認飛去　　袈裟　立ち尽して認む　飛去するを
楊柳青々暗莫藏　　楊柳青々　暗に蔵《かく》す莫し

暗結愁、三体詩（杜荀鶴、旅懐）、嶽色江声暗結愁。

韻、下平十一尤。

朱評。

衡門、粗末な門。聯珠詩格（竇鞏、寄南遊兄弟）、独立衡門秋水濶、寒鴉飛去日銜山。
数寒鴉、錦繡段（丁直卿、老去）、茅檐曝背数帰鴉。
楊柳、聯珠詩格（黄白石、西帰）、尖新楊柳未蔵鴉。
莫蔵、五灯会元（巻五、石霜慶諸禅師）、師在方丈内、僧在牕外、問咫尺之間為甚麼不覩師顔、師曰徧界不曽蔵。

又

衡門暮色冷於氷
閑數翀鴉扶痩藤
閃々前山去還散
溪邊屈指夕陽僧

衡門の暮色　氷よりも冷たし
閑かに翀鴉を数へて　痩藤に扶《よ》る
閃々として前山に去り還た散らばる
渓辺に指を屈す　夕陽の僧

葉雨　第九十六　七月廿一日

得牛之一字

支枕幽齋聽始愁
殘生睡足落梧秋

枕を幽斎に支へ始めて愁を聴く
残生　睡りは足る　落梧の秋

韻、下平七陽。

閃々、三体詩（唐彦謙、長渓秋思）、寒鴉閃閃前山去、杜曲黄昏独自愁。夕陽僧、三体詩（鄭谷、慈恩偶題）、渓辺掃葉夕陽僧。

韻、下平十蒸。

支枕、陸游（冬夜聴雨戯作ノ二）、遶簷点滴如琴筑、支枕幽斎聴始奇。残生、杜甫（奉濟駅重送）、寂寞養

簷聲夢覺開門見　簷声　夢覚め　門を開きて見る
明月夜深在斗牛　明月　夜深く　斗牛に在り

湘南離怨　第九十七　七月廿二日

湘江暮雨亂飛時　湘江の暮雨　乱飛の時
長怨重華藏九嶷　長く怨む　重華の九嶷に蔵《かく》るを
要識二妃無限意　識るを要す　二妃無限の意
鷓鴣啼在百花枝　鷓鴣啼きて百花の枝に在り

残生。

斗牛、蘇軾（前赤壁賦）、月出於東山之上、徘徊於斗牛之間。

韻、下平十一尤。


湘江暮雨、三体詩（孟遅、閑情）、湘江暮雨鷓鴣飛。

重華、舜の号。楚辞（離騒）、済沅湘以南征兮、就重華而陳詞。

九嶷、九疑山。舜の葬所。

二妃、舜の妃、娥皇と女英。楚辞（九章、遠遊）、二女御九韶歌。

無限意、杜甫（送王十五判官）、離別不堪無限意。

鷓鴣啼、五灯会元（巻十一、風穴延沼禅師）、問語黙渉離微、如何通不犯、師曰常憶江南三月裏、鷓鴣啼処百花香。

橘洲待霜　　第九十八　　七月廿三日

單衣聊有萬金求　　単衣　聊か万金に求む有り
高價待霜盧橘洲　　高価は霜を待つ　盧橘の洲
千樹木奴猶未熟　　千樹の木奴　猶ほ未だ熟さず
一寒如此洞庭秋　　一寒　此《か》くの如し　洞庭の秋

鬓星　　第九十九　　七月廿四日

對面朝來問不應　　対面す　朝来　問ふに応へず

韻、上平四支。

橘洲、柑橘の産地。蘇軾（虔守霍大夫見和）、寒衣待橘洲。
単衣、礼服。
盧橘、金柑の類。
待霜、漁隠叢話（東坡三）、韋応物答鄭騎曹青橘絶句云、憐君臥病思新橘、試摘尤酸亦未黄、書後欲題三百顆、洞庭須待満林霜。
木奴、柑橘。

韻、下平十一尤。

黙、梅、枯。

鬓星、左思（白髪賦）、星星白髪生

桐江一客有誰徵
昨侵帝座今侵鏡
公道世間唯子陵

桐江の一客　誰有りてか徵せん
昨は帝座を侵し今は鏡を侵す
世間に公道たるは唯だ子陵

改白髪作子陵蘇新而恰
越許渾千首詠者也

又

煌々聚改少年姿
數點晝輝雨亦奇
開鏡朝來先問汝

煌々として聚り　少年の姿を改む
数点の昼輝　雨も亦奇
鏡を開きて　朝来　先ず汝に問ふ

於鬢垂。

桐江一客、桐江一客星。後漢の人、厳光。字、子陵。客星帝座を侵すの故事。錦繍段（子陵釣台五首）。公道、三体詩（許渾、送隠者）、公道世間惟白髪、貴人頭上不曽饒。

韻、下平十蒸。

朱評。

改少年、石倉歴代詩選（張楷、白頭吟）、妾顔比少未成衰、君心已改少年時。

雨亦奇、蘇軾（飲湖上初晴後雨ノ二）、山色空濛雨亦奇。

若非南極老人誰　　若し南極老人に非ざれば誰ぞ

燒香祭詩神　第一百　七月廿五日

曾聽斯神渡海雲　曽て聴く　斯の神　海雲を渡ると
到今默禱對爐薰　今に到りて黙禱し炉に対ひて薫ず
吟囊四百州風月　吟は四百州の風月を囊《い》れん
分我南無北野君　我に分かてよ　南無　北野の君

南極老人、南極星。杜甫（寄韓諫議注）、周南留滯古所惜、南極老人応寿昌。

韻、上平四支。

渡海雲、渡唐天神。鉄山に渡唐天神像の賛多し（懶斎集）。狩野秀頼筆の画賛に、暗傳衣鉢烏頭室、到得歸來意轉迷、夜話不知回首見、松風蘿月徑山西（國華七七四号）。
四百州、中華全土。
南無北野君、策彦（蠡測集）、賈島ヲハ李洞カ慕テ、帽檐ニ賈島カ形ヲ作リテ置テ、常ニハ南无賈島仏ト念シタソ。

韻、上平十二文。

又

百篇寫出費吟辰
半日焼香閑祭神
神助今猶有其妙
筆驚風雨語驚人

百篇　写し出す　吟を費すの辰
半日の焼香　閑かに神を祭る
神助　今猶ほ其の妙を有《たも》つがごとし
筆は風雨を驚かし語は人を驚かす

右日課一百首之題詠畢矣　一夏中
永祿八年乙丑七月廿五日於北野殿前誌焉

神助、杜甫（遊修覚寺）、詩応有神助、吾得及春遊。
筆、杜甫（寄李十二白二十韻）、筆落驚風雨、詩成泣鬼神。
韻、上平十一眞。

右此壱策摠計除素二十八張　懶齋私乗（花押）
此内弐□張序分妙智老師眞蹟也

本集、鐵山禪師梅花百日詠、は鉄山宗鈍の詩集である。鉄山は永禄八年（一五六五）、夏安居入制の四月十五日からの百日間、京都の北野神社に参詣し、百の詩題の下、毎日の吟詠を自己に課して、七月二十五日、満願の日を迎え、詩草を奉納した。詩作は一日二首の日もあり、計百五十二首。すべて七言絶句である。天文元年（一五三二）生れの鉄山は、この年、三十四歳。洛西花園の妙心寺に於いて参学に勤しむ日々であった。但し、当時の名はまだ鉄山ではない。

本集が底本とするのは鉄山の自筆本で、静岡の臨済寺の蔵本であるが、昭和四十年（一九六五）、先師髙橋實道が布鼓庵老師の許可を得て出版した自筆本の写真版の冊子を使用した。

自筆本は、表題を欠く。現行の題簽には、勅諡靈光佛眼禪師鐵山大和尚遺稿　四之巻とある。これは明らかに後世の命名で、語録の他の三巻の題簽にほぼ同じである。なお、この四巻は鐵山和尚語録の名で、近年、DVDが臨済寺から刊行された（以下、語録）。

自筆本の写本もあるが、表題は一定しない。筆者の寓目したのは、次の通り。

鐵山百篇集　一冊　京都府立総合資料館蔵　（題簽、直書）

鐵山和尚百首詩　一冊　東京大学総合図書館蔵　（題簽、直書）

百詩　一冊　大龍院蔵　（題簽、以下破損）

筆者は未見だが、天理図書館にも写本があり、堀川貴司氏が全冊を翻刻した。表題はやはり仮題。上記の三本に比して、精確な善本であるが、若干の誤写（或いは誤植）が認められる。

日課一百首　解題と翻刻　花園大学国際禅学研究所論叢第九号（二〇一四）

また、鉄山の語録の中にも、百日詠を詩の部に収めるものがある。

懶齋集　一冊　東洋文庫蔵　（表題なし。題辞、百詠序。なお、題簽に鉄山自筆とあるが、自筆ではない）

鐵山集　一冊　花園大学図書館蔵　（表題なし。題辞、百詠之序。収録は五十四首、詩篇の順に混乱あり）

語録の他の写本、内閣文庫蔵の鐵山集（二冊）、鐵山録（一冊）、国会図書館蔵の懶齋遺稿（一冊）、大龍院蔵の銕山和尚遺稿（一冊、自筆本）には、収めない。埼玉の平林寺蔵の懶齋集（二冊）は未見。また、鉄山の詩文は山林風月集三巻（他に一休宗純）、金鐵集（他に南化玄興、等）に収載され、各々、大日本佛教全書（第一四六冊）、續群書類従（第十三輯下）に収録されているが、百日詠は含まれない。本集はこれまで、正法山誌の梅花百詠をはじめとして、北野百梅詩集、北野神社百日詩集、等と呼ばれてきたが、此度、私見により、上記の如くにした。梅花を入れたのは、題辞の文意に鑑みてのことである。

巻頭の題辞の作者は、ご覧の通り、策彦周良だが、鉄山は自筆本の第二十八丁の裏に、文字が妙智老師の真蹟であることをわざわざ付記している。策彦（一五〇一——一五七九）の伝は牧田諦亮氏の策彦入明記の研究（下）にあり、第二章の四に、鉄山の独吟聯句（梅題聯句）に跋を付した旨の記述もある。その文は聯句と共に、金鐵集その他に見える。日付は、本集の題辞と同年、永禄八年の二月廿五日。鉄山が甲斐の恵林寺から洛西嵯峨の天龍寺の策彦のもとに上ったのは、天文二十年（一五五一）、二十歳の時とされる（平林寺史第二章第一節）が、更に一、二年遅れるかも知れない。父が武田の家臣石坂（窪田）氏の人だから、その縁で恵林寺の徒弟になったようである。策彦の題辞に云公后版とある如く、安名は云の字が付いている。夢窓派の命名法であるという。上洛して、天龍寺妙智院に入ったのも、受業師の法系に由るものであろう。策彦の懶齋記（語録巻上所収）によれば、以来、三霜を策彦の膝下に過した。その後、妙心寺に転錫し、東谷宗杲に参じることになる。懶齋記は、日付を欠くが、鉄山が東谷の印可を受けたことを記すので、永禄十年夏以後の作である。現在、山梨の義雲院に蔵する、東谷筆の鐵山の道号頌と印証の日付は、共に永禄十年六月十日である。云公はかくして道号を鉄山、法諱を宗鈍と名乗るに至った。それと同時に、斎号の幻雨斎を改めて、自ら懶斎と撰し、策彦に揮毫を懇請した。懶齋記は以上の因縁を記して祝意を表した文である。

鉄山の詩作は五山文学の流れを汲む。それは策彦を師とするところに明らかだが、何より、本集のどこかを開くだけで、一目瞭然である。詩篇の第一、宿処尋鵑を例にとれば、発想の源は錦繡段と三体詩の詩句にある。源と云っても、全体のようなもので、あとは起句に八十の川僧を取り合せたにすぎない。無論、白頭の老僧は重要な役割を果してはいる。すなわち、老僧を冒頭に登場させることで、三十四歳の青年僧は詩作に当っての立場の自由を獲得する。詩ハ志ノ之ク所ナリ（詩序）という古来の道理は理論としての学習はともかく、実作には何の役にも立たない。志をどう涵養するか。漢詩の海は深遠である。まず身の丈に合ったところで、共感を先達として、泳ぎを模倣するしかない。京洛にある青年は客愁を拠り所に、故郷の四川を懐かしむ白頭の僧に身を変える。甲斐は蜀である。宿駅の夜に杜鵑の声を恐れるのは、杜鵑が蜀魂であり、帰心を研ぐが故である。かくして、全篇の第一行は、今後百日の詩作に期すべきあれこれの模倣に必須の条件は変身の自由だ、それがわたしの選んだ方法であると言明した。いかにも鮮やかな宣言だが、それは自ずから、この詩集が詩作の練習帳であることを示している。策彦が題辞に、盖シ著述ノ進趣ヲ黙禱セシナラン、と述べた所以である。

さて、本集は、五山末期の文学教育の作法に従って、先述の錦繡段と三体詩に聯珠詩格を加えた、三冊の書を模倣の主な手本としている。いずれも詩華集であり、また詩の語句の検索を兼ねた、作詩の手引き書でもある。中で、三体詩は詩論の面で啓発的であって、出典をもとめられることも多い。ということは、中唐、晩唐の詩風の浸透が著しいということで、例えば、第三十一の詩簾（又）は、體ハ晩唐ニ似テ景ハ晩春、という宋詩に借りた一行を結句とするし、また、明皇（玄宗）と楊貴妃の悲話に取材し、長恨歌の俤を宿した詩篇を数えてみれば、十三篇にのぼるのも、その傾向であろう。それらの作には、所謂艶詩を思わせる表現も見えている。唯だ、あくまでも虚構であり、繰り返しになるけれども、この虚構ということが、今、作詩の要である。和歌について、詠み歌、作り歌ということが云われるのに倣えば、本集、梅花百日詠は作り歌である。詠み歌ではない。寄笛恋という詩題を持つ第六十一の詩篇を見てみよう。寄笛恋は歌題である。訳注に六百番歌合（恋九寄笛恋）から、ある女房の歌（六番左）を引いておいたのは、本集の作者も笛を吹く女になり変わっているからである。夫はすでに三年、戦場から戻らない。杜甫の洗兵行の関山月は従軍の情を載せる笛の曲だという。作者はその音色を辺境の荒寥たる山々を照らす月光に託して思う人の枕辺に届けようとする。そこには、冷え冷えと差しこむ光の音楽がある。それは、例えば、王昭君を詠じた王煥の惆悵詞（錦繡段）、紫台月落ツ関山ノ月、腸断ス君王画工ヲ信ゼシヲ、の二行には響いていない音調である。すなわち、杜甫の詩句の働きである。作者が杜甫に気づいたのはさすがに鋭い。しかし、筆者の思うに、それは理知の鋭さである。理知を以て作られた詩歌、それが作り歌であろう。六百番歌合（恋九）に出ている定家の歌（五番左）を、出来はよくないが、参考までに引く。笛竹のたゞ一ふしを契とてよゝの恨を残せとや思ふ。漢詩と和歌では道具立てが違ってくるけれども、作り歌という点に異なるところはない。付け加えれば、歌題を詩題に転用するのは珍しいことではなく、雪嶺永瑾の梅渓稿にも、寄風恋、寄滝恋のような作がある。

なおまた、語録巻中には、云公が上洛の途次、遠州の平田寺を出発した折、贈られた和歌に和した七言絶句とその由縁を記した序を載せる。文は和歌論を含み、聖徳太子の片岡山伝説の詠歌、菅丞相が渡唐し徑山仏鑑老師（無準師範）の下で感得した詠歌に触れる。さらに、甲州出立の際の贈答の和歌もある。次は、云公の返しの二首。甲斐カ根ワハヤ雪消テカスミタツ春ハキニケリ君カ衣手。難波津ノ春ノムカシモ遠カラス今吹風ニニホフ梅カ枝。

ところで、話を一つ進めたいが、右の杜甫の援引に明らかなように、本集の作者がいつまでも雛僧の程度に止まっていたわけではない。読書は唐宋の大詩人の別集にも及んでいた。詳しくは訳注を見てほしいが、蘇軾、杜甫、黄庭堅、陸游、白居易、李白の順に、典故となる回数が多い。出典の拾い方と数え方にもよるので、順序は参考資料にすぎないが、読書の範囲は五山の詩僧たちに同じである。さらに、五代の才調集、宋の唐詩絶句、古文真宝、金の唐詩鼓吹、中州集、元の皇元風雅、明の古今禅藻集のような撰集、宋の滄浪詩話、詩人玉屑、漁隠叢話のような詩話、夢渓筆談のような随筆も読まれていた。その他、どういう書に目を通していたか、正確なことはわからない。筆者の訳注には、典拠と見て、記載はしたが、書物を推定しえなかったものがある。第五十七（愁蟬）の葉豈潜、第八十二（秋浦白鷺、又）の方岳の作の如く。そして、これは当然のことながら、五山の詩僧たちの集も読んでいたはずである。それは多くの詩題を借用するところに表れている。訳注には、續群書類従第十三輯（上下）に所収の、錦繡段の編者天隠竜沢の黙雲詩藁、続錦繡段の編者月舟寿桂の幻雲詩藁、本集の批点者の一人、春沢永恩の法兄である雪嶺永瑾の梅渓稿、その弟子三益永因の三益稿、そして、春沢の枯木稿と策彦和尚詩集の六集について記したが、他にも、琴叔景趣の松蔭吟稿に梅杖（本集第十）、漁樵問答図（第七十五）、東山崇忍の冷泉集に惜春鳥（第三十四）、苔銭（第六十二）のような作があるので、今後の調べに俟つ。また、詩題は異なっていても、内容の等しい作もある。例えば、本集の第四十一、滄浪濯髪が蘇軾の泛潁に素材を仰いで、幻雲詩藁の読東坡泛潁詩と同じく、結句に散作百東坡の原句を用いたり、あるいは、第九十九の鬢星（又）が厳子陵の故事を詠うのに、梅渓稿の賛老人星の起句、南極老人ノ双鬢斑ナリ、に倣って、南極老人を持ち出したりする類である。その他、本集には、他の詩人の詩句を詩題に使うものがある。第十九の簷雨挟詩声、第三十の独宿鴛鴦、第三十二の池塘春草、第四十の馬上続夢、第五十八の花香破禅寂、第六十三の寒蛩催織、第六十九の語燕窺硯、第七十の酒醒風動竹、第七十二の雲似敗碁、第七十六の残生随白鷗、第七十八の夜雨暗禅灯、第八十一の故園桃李である。

漢詩にせよ和歌にせよ、題詠という法式が作為の悪しき顕示に陥りやすいことは云うまでもないが、時に、秀作を生むことも事実である。人の心を素直に頷かせるものもあり、また、異様な形象の粋を凝らした組み合せで耳と眼を驚かせるものもある。本集について、マニエリスムを語ることは適切ではないかも知れないが、少なくとも、詩篇のあるものがバロック風の機知と綺想に達していることは疑えない。一つ例を挙げれば、第五十二の舟中聴鶯。舟の舳先で鶯が啼いている。漁翁が喜ぶのも無理はない。とあるが、だいたい、鶯を舟に止まらせるのからして、尋常ではない。その、情常ナラズ、釣りはおしまいにして、いつもの本を読む。そして、結句の、呂望ハ熊ニ非ズ。呂望は太公望。他でもない、蒙求の一章である。漁翁は宋の邵康節の漁樵問答の著（宋元学案巻九）以来、学人だから、書物に親しんで不思議はないけれども、それだけに、初心者向けの蒙求を学ぶというのは尋常ではない。時は春の昼下がり、うらうらした一刻。舟は水の流れにゆらゆら流れている。舟がどこに行こうが、構ったことではない。漁翁は作者と一緒に、鶯に始まり、熊に終わる、機知の工を楽しんでいる。

例をもう一つ。第七十四の連理蕉。二首の最初のほうが、蜀の仮宮の芭蕉の連理の姿に、馬嵬に逝った楊貴妃を思い、雨霖鈴の曲に、また芭蕉の葉を敲く、秋の夕べの雨の音に嘆きを深める玄宗を描いているが、又の作は、自ラ連理ヲ修メテ欄干ニ傍フ、芭蕉の睦まじい様子を詠ったものである。而今葉上愁雨無ク、一夜枕頭声モ亦歓ナリ。この歓声は誰の声なのか。芭蕉を揺らす風の声だろうか。夢に貴妃に出会った玄宗の声だろうか。いや、そうではあるまい。ここに、連理松の作もある雪嶺永瑾の、鴛鴦梅と題する絶句がある。水禽ノ魂ハ化シテ花中ニ託《やど》ル、一朶ハ猶オ余ス両翼ノ紅ヲ、陣々トシテ香ヲ吹ク昏月ノ下、春風モ亦是レ雌雄有リ（梅渓稿）。鴛は思い羽のある雄で、紅梅と化し、鴦は雌で、白梅と化す。陣々は切れ切れのさま。風がふとしたように梅の香りを運んでくる。風にもまた雌雄がある。つまり、それぞれ、二人連れでやってくるというわけである。理の分別が美しさを殺いでいると云うほかないが、それはともかく、雌雄のそのような分別を連理の芭蕉に重ねてみれば、答えは明らかだ、声は雨でも風でもなく、連理の芭蕉本来のものであって、それが玄宗の枕頭に届くことになる。そして、その時、一つの隠喩が成立する。無論、作者の想像上の現実にすぎないとも云えるが、訳注に記してあるように、詩想を確乎たるものとする根拠を少なくとも、作者は有していた。馬郎婦の説話である。昔、金沙灘頭（金沙江の渡し）に馬郎婦という美女がいて、誰にも狎昵することを許したが、やがて没する。後、胡僧の来たって、此れ鎖骨菩薩なりと云うので、皆が墓を開くと、言葉通り、骨が鎖の如くに結ばれていたという筋の話で、黄庭堅に馬郎婦を詠みこんだ詩がある。友人に連理の松枝をもらったとき、戯れになした作。第二首の転結の二句を引くと、金沙灘頭ノ鏁子ノ骨、俗ニ随ツテ暫《しばら》ク嬋娟タルヲ妨ゲズ（山谷詩集注巻第九）。嬋娟は婦人に狎昵するを云うのである。さらに、禅匠は時に馬郎婦を問答に持ち出すことがあり、それは黄庭堅も先刻承知のことであった。今、五灯会元（巻十一、風穴延沼禅師）に従えば、如何ナルカ是レ清浄法身、という僧の問いに、師曰ク、金沙灘頭ノ馬郎婦、とある。黄庭堅が師事する蘇軾は、廬山の山中で、渓声ハ便チ是レ広長舌、山色豈清浄身ニ非ズヤ（贈東林総長老、蘇軾詩集巻二十三）と詠じた。あれこれ考え合せれば、芭蕉もまた清浄法身なのである。清浄の法身、それはわかる。しかし、それにしても、芭蕉の歓声は異様の発想である。断定はできぬが、先例のない表現ではないだろうか。作者は苦心惨憺、理を突き詰め、言葉と形象を綯り合わせる中で、ふと、尋常ならざる綺想に至ったかのようである。春沢和尚の墨評は、意句倶ニ到ル、自ラ是レ時人ノ聴キテ耳ヲ洗ウベキモノカ、と云っている。その表現に、バロックの美を認めるか、どうか。ともあれ、スペイン生れのラテン詩人マルティアリスが、詩人の目的は驚異である、と歌ったことは忘れないでおこう。

梅花百日詠の詩中には、中国の詩人が幾人か登場する。陶淵明、謝霊運、李白、張継、韓愈、許渾、杜牧、林和靖、蘇東坡、陸放翁、などで、杜甫は老杜（第二十七）、杜甫（五十七、又）、杜甫酔像（第八十五、詩題）と出る。このうち、第二のものは愁蟬と題して、秋の蟬を歌う作の二首目で、夕陽の槐の木陰に響く声が、忽チ賡《つ》グ杜甫一生ノ句ヲ、鳴キテ薫風ニ向ヒ吟ヲ費サズ、と云う。賡ぐは賡唱で、詩の贈答。では、秋蟬に応酬する杜甫の詩とは何を指すか。私見によれば、大暦二年（七六七）、五十六歳の年の秋の百韻二百句一千字の大作、秋日夔府詠懐である（杜詩第七冊岩波文庫）。そこには、蕭疎晩蟬ヲ聴ク、と蟬も鳴いているが、それはどちらでもよい、大事なのは、末尾の三十六句の詩行に盛られた思念である。いま四句をのみ引けば、

身許雙峰寺　門求七祖禪
落帆追宿昔　衣褐向眞詮

身を許す　双峰寺　　門を求む　七祖の禅
落帆　宿昔を追ひ　衣褐　真詮に向はん

双峰寺は、一説には、五祖弘忍の双峰山東林寺とされ、また、六祖慧能の南華寺（宝林寺）であるともいう。当然、七祖についても、杜甫と同時代人である馬祖道一を含めて、諸説あるらしい。それは、杜甫の問禅が北宗か南宗かという問題に繫がるので、重要なわけだが、本稿には係わらない。落帆宿昔は遍歴の青年時代の南方の舟遊。江南の禅寺に帆を下して、粗衣粗食に甘んじ、真詮、すなわち、杜甫の他の作（謁文公上方）の語を借りれば、第一義、仏法の第一義を聞くことを願っている。落帆宿昔を追い、衣褐真詮に向わん、これが杜甫一生の句だと、愁蟬の作者は見た。それは一宗派に凭れてのことではない。杜甫は五山文学の詩僧に愛読される。注解もなされ、詩にも歌われたが、そこに、問禅の徒としての杜甫の像は認め難いとする研究がある（朝倉尚氏、禅林の文学―中国文学受容の様相―参照）。杜甫の力は詩の力である。文章ハ千古ノ事、得失ハ寸心知ル、作者皆殊列ナリ、名声豈浪《みだ》リニ垂レンヤ（偶題）。そして、ある時、河川の烈しい水勢を眼にして、こうも歌っている。人ト為リ性僻ニシテ佳句ニ耽ル、語人ヲ驚カサズンバ死ストモ休マズ（江上値水如海勢聊短述）。しかし、また、かくも云う。文章ハ一小技ナリ、道ニ於テ未ダ尊シト為サズ（貽華陽柳少府）。文章一小技、その触覚《タクト》がある故に、千古の文事を成就しうるのである。逆に云えば、胸中に、道を思うことがなければ、文章は無用の技にすぎない。真詮は必ずしも仏法ではない。真解である。遍歴時代、放浪の旅にあって、世界という書物を学んでいた頃から、杜甫の胸中の真解を求める火は消えることがなかった。火が詩の薪となって、また人の心に燃える。その薪の他はすべて偽體、ニセモノである。別ニ偽體ヲ裁シテ風雅ニ親シム、転《うた》夕益々多師ナルハ是レ汝ガ師ナリ(戯為六絶句ノ六)。偽體を捨て、風雅の誠の作に親しむこと、それらを汝の師とせよ。風雅は安逸の遊戯ではない。その点で、五山の詩僧に足らざるところがあるのは論じるまでもないだろう。もっとも、それは五山の時代に限った話ではない。思えば、元軽白俗と評される、あの白居易も元稹への手紙(與元九書)で、諷喩と閑適の詩を取って、長恨歌を含む、余の作を捨てたではないか。その書は杜甫に諷喩の作が少ないことを難じたが、杜甫の如き詩人の多く蹇(足萎え)なるを嘆いて、彼レ何人ゾヤ、彼レ何人ゾヤ、とも述べている(白氏文集五、新釈漢文体系、蹇は官位の進まぬこと)。何人であるかは、勿論、腹の底からわかっていた。天下和平は人の心を感《うご》かすことに始まる。詩の働き、延いては、詩人の意味はそこにある。上(為政者)が以て時政を補察するの詩、下(人民)が以て人情を洩《せつ》導するの歌(與元九書)。それが、すなわち、諷喩詩である。杜甫は老来、衰病と困窮の中にあったが、元結という役人が国家に献じた諷喩詩(春陵行)、人民の疲弊と賦税の苛求を訴えて人を安んぜんとする官吏としての危苦に満ちた微婉頓挫の詞と俊哲の情に感じて、一詩をなした。児ヲ呼ビテ紙筆ヲ具エシメ、几ニ隠《よ》リ軒楹ニ臨ミテ、詩ヲ呻吟ノ内ニ作ス、墨ハ淡ク字ハ攲傾スルモ、彼ガ危苦ノ詞ニ感ジ、知者ノ聴カンコトヲ庶幾ス（同元使君春陵行）。杜甫の真詮の志が衰えることは遂になかった。

北野社に参詣する青年僧もまた、戦乱の時代の艱苦の中にあった。日々、己の遍歴の意味を吟味しながら足を運んでいたにちがいない。その詩は、しかし、すべて題詠の作であって、即事の詩が見られない。次に書き下しを引用するのは、筆者が本集を初めて読んだ折、矚目の作という印象を抱いた、ほとんど唯一の詩篇である。残念ながら、それは外れていたが、作者の真詮の志を知るにふさわしい作品であると思う。第九十五の衡門数鴉。

独り寒鴉を数へて暫く眺望す
衡門　日は落ち昏黄ならんとす
袈裟　立ち尽して認む　飛去するを
楊柳青々　暗に蔵《かく》す莫し

訳注の出典を見てほしいが、最後に、五灯会元（巻五、石霜慶諸禅師）から問答を一つ引いておいた。師が方丈の室内にいると、一人の僧が窓の外から問いかけた。すぐ近いところにおりますのに、どうしてお顔を見せて下さらないのですか。すると、師は云った。偏界曽て蔵さず。顔は見せておるぞ。詩篇の情景には、何ら込み入ったところはない。袈裟の僧はさきほどから、楊柳の枝の茂みを飛び立つ鴉をじっと数えていて、もういないと確認する。全部、飛んで行った、と。では、その時、僧が真に確認したことは何か。偏界曽て蔵さず。世界は眼前にある。鴉がいないということは、世界がそこにあるということの確認である。青々たる楊柳は、今、実在の掛けがえのない表象である。

袈裟の僧は自画像であろう。少なくとも、この詩をものしたからには、冬の夕暮れ、門外に立って、相与《とも》に還る鴉の姿を自ら数えるはずであり、これはそうならざるをえないことである。本集の最後の詩篇、焼香祭詩神の又に、神助という語が見えるが、それは杜甫の、詩ハ応ニ神助アルベシ、吾春遊ニ及ブヲ得タリ、を踏まえている。かくして、真詮の自得ということが生起する。

道元の典座教訓に、入宋の折の逸話の名高い回想がある。慶元府の港での、何里もの道を歩いて日本の椎茸を買いに来た、阿育王山の老典座との対話である。曰く、貴僧はもうお年のようだが、典座なぞなさらず、座を組むなり、語を見るなり、弁道に専心されたほうがよろしくないか。相手の老僧は、いやいや、あなたは文字も弁道もわかっておられないようだなと云って、船を去った。それが二ケ月余り後、天童山にいると聞いて、道元を尋ねて来る。そこで、問答はこう展開した。如何なるか是れ文字。一二三四五。如何なるか是れ弁道。偏界不曽蔵。

云公后版がこの話を知っていたか、どうか、わからない。いずれにせよ、それは別問題である。筆者は梅花百日詠の百五十二の詩篇を通読して、偏界不曽蔵の五文字が云公の真詮の自得の要にあったにちがいないと考える。

詩は言葉のある種の組み合せである。その組み合せが美しいのは、世界が美しいからである。世界は言葉である。意味の世界、生きられた経験の世界である。しかし、詩はその世界にではなく、もう一つの世界に属している。両者、世界ともう一つの世界を繋ぐものが言葉である。すべて過ぎゆくものは比喩にすぎない、と歌ったヨーロッパの詩人がある。世界は過ぎゆき、人も過ぎゆく。それはほぼ確実である。しかし、過ぎゆくものは比喩にすぎないという言葉、それは過ぎゆかない。言葉のその組み合せが時間を垂直に切るからである。ゴータマ・ブッダは最後の旅の途上にあったある日、世界 Jambudvīpa は美しく、人間の生命 jīvitaṃ manuṣyānām は甘美であるという言葉を発した。徒然草に出る、ある世捨人は、この世のほだし持たらぬ身に、ただ、空の名残のみぞ惜しきと言った。トロツキーはメキシコの隠れ家でのある朝、遺書を書きながら、ふと眼をあげて、壁の上には、澄んだ青空が見え、日の光はあたり一面に降りそそいでいると即興的に記し、さらに、人生 zhizn' は美しいという言葉を書きつけた。世界は真に光と色彩に満ちている。ひと時、花は紅であり、ひと時、楊柳は青々としている。詩がそこに発生する。諷喩詩もまた、社会を世界の美しさに対峙させる試みに他ならない。そして、世界は過ぎゆき、人も過ぎゆく。すべてが過ぎゆく中で、詩は過ぎゆくことがない。

さて、終わりに、鉄山の後年の室号、黙軒について、黄庭堅の題黙軒和遵老（黙軒ニ題シテ遵老ニ和ス）という五律に触れて、簡単に述べる。黙軒は寺の建物らしい。遵老は住人だが、僧ではない。

平生三業浄シ、俗ニ在リテ亦超然、と始めて、その人物を讃え、漫《そぞろ》ニ山家ノ頌ヲ続グ、詩ニ非ズ浪《みだ》リニ伝ウル莫レ、と結ぶ。今、黙軒と花園大龍、二つの朱印を押した張中香の写本が、零本ながら、八冊残っている（大龍院蔵）。萬里集九が撰した、黄山谷詩集の微に入り細を穿った注釈である。巻十八の題黙軒詩のところを参看すると、非詩について、先生謙詞而指此和也、不可流傳也、とある。詩に非ずは、いかにも、山谷の謙辞である。しかし、黄庭堅のこの詩句を由縁として、鉄山が黙軒の室号を選んだのだとすれば、梅花百日詠は、文字通り、流伝すべからざる、若年の作だったのではないか。鉄山一生の句は、これを別に求めなければならない。筆者としては、本集の訳注と解題が陶淵明の云う甚解に陥っていないことを願うばかりである。

なお、本集の訳注に参照した書物については、どこにもある版本を使用したにすぎないので、一覧を掲げることはしないが、一つ、剣南詩稿校注八冊（銭仲聯、上海古籍出版社）を記しておきたい。筆者は河上肇著の陸放翁鑑賞から、陸游に親しんできたが、此の度校注本に多くの裨益を蒙ったからである。

後記

妙心寺塔頭大龍院は、慶長十一年、鉄山宗鈍を開山として北門外の龍安寺道上ル東側に創建されたが、近代の廃仏毀釈の波を被り、明治九年、十一年の二度に亘って建物を売却する。以後、再建の議もなされるが、曲折を経て、明治二十四年、終に、院号の消滅に至った。他方、やはり塔頭で、東菴宗暾を開山とする衡陽院の後身、太嶺院も廃寺の瀬戸際にあったが、明治二十三年、再建に着手して、従前の境内に新築され、明治二十七年四月一日に入仏式を行った。しかし、同年七月以降に、院号改称願が提出されて、太嶺院は大龍院を名告ることになる。どういういきさつがあったか、不明であるが、鉄山の縁に依ったことは云うまでもない。鉄山は、慶長四年、東菴の弟子密宗宗顕に印証を付して、衡陽院の寺統を継がせ、太嶺院としたからである。そして、明治の改名では、太嶺院の法系がそのまま大龍院に受け継がれ、大龍院の本来の法系は三河の来迎寺に移された。かくして、開山は鉄山、密宗以後の法系は太嶺院という合併策が実現されたわけである。

私の祖父、髙橋乗因が大龍院の第十三代の住職になったのは、明治四十二年九月であった。彦根藩の髙橋義兵衛家の第七代荒次郎重信の三男で、明治八年の生れである。先祖の次郎右衛門は上州丹生村の出で、慶長年中に上州白井で井伊直孝に仕え、その転封とともに彦根に移った（貞享異譜）。嗣子長四郎は大坂の陣に際し、直孝から具足一領を拝領する（侍中由緒帳）。そして、築城（第二次）の金奉行を勤めた（彦根山由来記）。私は学生の頃、彦根城佐和口多聞櫓の展示品の中に髙橋家伝来の朱具足を見たことがある。今、かようなことを記すのは、鉄山が直孝の父、彦根の初代藩主井伊直政の画像に賛を書いているからである（語録巻中所収）。遠州井侍従清凉安公画像、丹青何用記虚名、清浄法身元現成、聴々生前那一句、西風不改遠江声（結句の遠江声は本集第八十五番又にも見える如く杜甫の客夜の句を踏まえて、井伊谷のある遠江国を、西風は直政の落命の因となる関ケ原合戦の西軍を諷する）。二人はあるいは相識であったかも知れない。祖父が命数のこのような絆を知ったなら、どんな言葉を呟くか。私はそう考えずにはおれない。しかし、聞えるは唯だ、一切を呑みこむ、歴史の濁流の凄まじい響きばかりである。ともあれ、乗因和尚は大正六年、鉄山禅師三百年遠諱を修し、昭和二十一年、住職を養嗣子髙橋實道に託して隠居し、昭和三十五年に遷化した。實道和尚は昭和四十年、三百五十年遠諱を修し、昭和五十九年に八十一歳をもって遷化した。本年、四百年遠諱の年を迎えるに当り、私は胸中に雨の潸潸たるを覚える。

二〇一六年一月八日

髙橋達明

髙橋達明（たかはし　みちあき）

一九四四年、京都生。京都大学文学部卒。フランス文学専攻。京都女子大学名誉教授。

著書、鳥のいる風景（淡交社、一九九五）。オルペウス、ミュートスの誕生－農耕歌第四巻四五三－五二七行注釈（知道出版、二〇一一）。上毛多胡郡碑帖の板本について（ぺりかん社、二〇一六）。

論文、島のありか－*Prose*（pour des Esseintes）研究（人文論叢四二号、一九九四）。言語の科学－マラルメの言語論についての覚書（人文論叢四八号、二〇〇〇）。「ダーウィン理論と言語の科学」－マラルメの言語論についての覚書Ⅱ（人文論叢四九号、二〇〇一）。シュレーゲルの言語有機体説－マラルメの言語論についての覚書Ⅲ（人文論叢五〇号、二〇〇二）。ボップの比較文法と言語有機体説－マラルメの言語論についての覚書Ⅳ（人文論叢五一号、二〇〇三）。小野蘭山本草講義本編年攷、東アジアの本草と博物学の世界（下巻、思文閣出版、一九九五）所収。蘭山の仏法僧－本草綱目草稿と講義本の編年をめぐって、小野蘭山（八坂書房、二〇一〇）所収。

訳書、ルソー、植物学についての手紙、ルソー全集、第十二巻（白水社、一九八三）所収。ラマルク、動物哲学（朝日出版社、一九八八）。レジェ、バラの画家ルドゥテ（八坂書房、二〇〇五）。レリス、幻のアフリカ（共訳、平凡社、二〇一〇）。

鐵山禪師梅花百日詠

平成二十八年十月八日　発行

定　価　三、〇〇〇円＋税

訳　注　髙橋達明

発行者　加藤恭三

発行所　知道出版
〒一〇一-〇〇五一
東京都千代田区神田神保町一-七-三
三光堂ビル四階
電　話〇三-五二八二-三一八五
ＦＡＸ〇三-五二八二-三一八六

印刷・製本　吉原印刷株式会社

ISBN978-4-88664-279-0